Stefanie Lutz

Im Zeichen des Fisches

Eine Geschichte um Freundschaft

im römisch-germanischen Grenzgebiet

Manuela Kinzel Verlag

Gewidmet Papa Gott, Jesus und dem Heiligen Geist in Liebe und Dankbarkeit.

Herzlichen Dank auch an alle, die mich bei der Entstehung dieses Buch unterstützt haben, und Gottes Segen.

Inhaltsverzeichnis

Namenregister: Namensbedeutung in Klammern

Römer:

Faustus (Der Glückbringende)

Fortunatus (Glückskind, der Wohlhabende): Vater von Faustus

Gratia (Anmut, Liebreiz, Gnade): Mutter von Faustus

Dulcia (die Süße): jüngere Schwester von Faustus

Marcellus (der Kriegerische): Metzger

Ursa (die Bärin): seine skytische Frau

Primus (der Erste): 1. Sohn von Marcellus und Ursa

Secundus (der Zweite): 2. Sohn von Marcellus und Ursa

Tertia (die Dritte): 1. Tochter von Marcellus und Ursa

Aurelia (die Goldene): 2. Tochter von Marcellus und Ursa

Gaius (der Erfreuende): Soldat

Drusilla (die Fruchtbare): Frau von Gaius

Adeodatus (von Gott gegeben) und
Agnellus (kleines Lamm): Zwillingssöhne von Gaius und Drusilla

Lucius (der Strahlende): Lagerkommandant des Kastells Gamundia

Quintus (der Fünfte): Soldat

Priscus (der Altertümliche): Soldat

Horatius: Militärkommandeur von Mogontiacum

Glaukus (blaugrün): Soldat

Florus (Blume): Soldat

Alamannen:

Baldwin (kühner und treuer Freund)

Arnulf (Adler und Wolf): Vater von Baldwin, Clanchef

Hildegund (die starke Kämpferin): Mutter von Baldwin

Berengar (kämpfender Bär): älterer Bruder von Baldwin

Eila (die Leuchtende): jüngere Schwester von Baldwin

Lando (der Kämpfer für die Heimat): kleiner Sohn von Berengar

Armin (der Starke): Onkel von Baldwin, jüngerer Bruder von Arnulf

Adelberga (die Edle, die Schützende): Frau von Armin

Adelinde (die edle Sanfte): Tochter von Armin und Adelberga

Ragnar (Ratschluss der Götter): Schamanenpriester des Clans von Baldwin

Brandolf (Brandwolf): Anführer eines weiteren Alamannenclans

Raimund (Ratgeber und Beschützer): Sohn von Brandolf

Kelten:

Aidan (Feuer): Mitarbeiter von Fortunatus

Una (Lamm): Frau von Aidan

Darach (Eiche): Sohn von Aidan und Una

Aine (Freude): Tochter von Aidan und Una

Bran (Rabe): Mitarbeiter von Fortunatus

Davnat (Rehkitz): Frau von Bran

Balfor (Weideland): Sohn von Bran und Davnat

Ortsnamen:

Gamundia: Schwäbisch Gmünd

Lauriacum: Lorch

Ala: Aalen

Civitas Aurelia G: Cannstatt

Portus: Pforzheim

Mogontiacum: Mainz

Vicus Victoriae: Zivilsiedlung von Mainz-Weisenau

Via Sepulcrum: Gräberstraße

Castellum Mattiacorum: Brückenkopfkastell von Mainz-Kastel

Colonia Claudia Ara Agrippinensium: Köln

Augusta Vindelicorum: Augsburg

Rhenus: Rhein

Moenus: Main

Albis: Elbe

Cohors I Flavia Raetorum: 1. rätische Kohorte

Vicus: Siedlung mit kleinstädtischem Charakter, die sich in den römischen Provinzen Obergermanien und Rätien, und dort besonders im Dekumatland in unmittelbarer Nähe zu den Kastellen formierte.

Dekumatland: Wikipedia Definition: ist bei Tacitus (*Germania* 29, 3) die Bezeichnung für ein Gebiet jenseits (also östlich bzw. nördlich) von Rhein und Donau, https://de.wikipedia.org/wiki/Agri_decumates

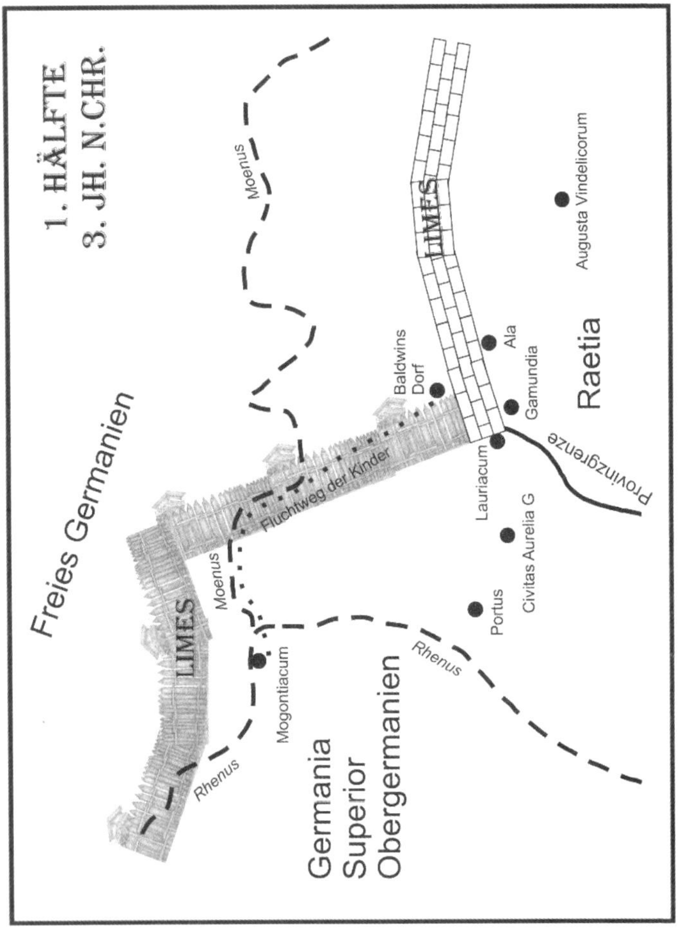
1. HÄLFTE
3. JH. N.CHR.
Freies Germanien
LIMES
LIMES
Moenus
Moenus
Rhenus
Rhenus
Mogontiacum
Fluchtweg der Kinder
Baldwins Dorf
Ala
Gamundia
Lauriacum
Civitas Aurelia G
Portus
Augusta Vindelicorum
Provinzgrenze
Raetia
Germania
Superior
Obergermanien

1.) Der Aufbruch

Bum, bum! Bum, bum, bum! Unsere Eingangstüre wurde mit heftigen Faustschlägen bearbeitet.

Wir fünf schauten uns verwundert und etwas erschrocken an. Wer war das? Wer forderte da so energisch Einlass zur Abendstunde?

Mein Vater Fortunatus stand auf, ging zur Türe, öffnete sie und eine vermummte, in einen Kapuzenmantel gehüllte, große Gestalt kam herein. Draußen goss es in Strömen und sie war so durchnässt, dass sich kleine Wasserpfützchen auf dem Boden bildeten.

Sie zog die Kapuze vom Kopf.

„Meine Güte, Berengar! Was in aller Welt führt dich zu uns zu dieser späten Stunde und bei diesem Wetter?“, fragte mein Vater erstaunt.

Berengar war der 16-jährige Bruder meines besten Freundes Baldwin, ein Germane vom Stamme der Alamannen. Er holte tief Luft, bevor er seinen Mund öffnete und die folgenden Worte hervorsprudelte: „Mein Vater Arnulf schickt mich zu euch, um euch zu warnen. Ihr seid bald in großer Gefahr! Die Alamannen rotten sich zusammen, es kommen immer mehr von ihnen aus der Elbregion zu uns hierher, wegen der Missernten in der letzten Zeit. Und bald wollen sie gegen das Römische Reich ziehen.“

Währenddessen war meine Mutter aufgestanden und hatte eine Decke geholt, die sie Berengar um die Schultern legte.

„Komm mein Junge, setz dich erst einmal hin, da zu der Feuerstelle und wärme dich auf. Ich bringe dir aus der Küche schon einmal eine heiße Suppe. Und ziehe auch sofort deine nassen Sachen aus, sonst fängst du dir noch eine Erkältung oder Schlimmeres ein." An mich gewandt, meinte sie: „Faustus, hole Berengar schnell eine wollene Tunika und eine Wollhose von deinem Vater, hopp, hopp, mach schon! Und ihr anderen bestürmt Berengar jetzt nicht mit Fragen, die kann er nachher auch noch beantworten!"

Ich rannte los, um aus der Truhe meines Vaters die gewünschten Kleidungsstücke zu holen, und als ich zurückkam, saß Berengar bereits in die Decke gehüllt am offenen Feuer. Er hatte eine Schüssel mit dampfender Suppe auf dem Schoss, die er langsam Löffel für Löffel mit sichtlichem Genuss schmauste.

Meine Mutter Gratia war eine hervorragende Köchin und eine sehr liebevolle Frau. Sie kümmerte sich immer hingebungsvoll um alles und jeden. Wo immer es etwas zu versorgen oder zu pflegen gab, egal ob Mensch oder Tier, war sie in vorderster Reihe dabei.

Nur Widerspruch duldete sie nicht.

Also taten wir anderen, was sie uns aufgetragen hatte, und warteten.

Endlich, als Berengar mit dem Essen fertig war und die Schüssel mit dem Löffel beiseitegelegt hatte, fragte mein Vater: „Wann wollen sie gegen den Limes anstürmen?“

„Das weiß ich nicht, aber es wird bald sein. In ein paar Tagen ist Vollmond, da werden sie es nicht wagen, weil das Risiko zu groß ist, dass die römischen Soldaten sie von den Wachtürmen aus entdecken. Deshalb vermutet mein Vater, dass sie bis zum nächsten Neumond abwarten, wenn die Nacht stockfinster ist.

Er war auf dem Thing, der Versammlung der Alamannen, mit den anderen Männern. Dort haben die neu zu uns gezogenen Alamannen aus der Elbregion beschlossen, die Römer aus dem Land, das ihr Dekumatland nennt, zu vertreiben und dieses Land dann selbst zu besiedeln. Euch wollen sie zurückzuwerfen bis zum großen Fluss Rhenus. Sie sagen, dieses Land gehörte schon immer den Germanen und Kelten, bis die Römer es erobert haben, und jetzt holen sie es zurück. Mein Vater Arnulf erklärte den anderen auf dem Thing, dass er und unser Clan nicht gegen dich und deine Familie kämpfen werden, weil wir in eurer Schuld stehen. Ihr habt nicht nur meinen Bruder Baldwin und unsere Mutter Hildegund vor dem Tode bewahrt, sondern auch unser ganzes Dorf im letzten harten Winter vor dem Hungertod gerettet. So beschlossen die Männer, dass ich zu euch gehen soll, um euch zu warnen, damit nicht euer Tod auf uns komme." Fortunatus nickte.

Ja, die Ehre der Germanen hätte das nicht zugelassen.

„Und ich soll Baldwin, Onkel Armin und Tante Adelberga heimholen, damit sie auch in Sicherheit sind", fügte Berengar noch hinzu.

Baldwin und ich blickten einander entsetzt an.

„Nein, nein, nein, ich will nicht fort von Faustus und Dulcia, ich will bei ihnen bleiben, ich …"

„Vater hat das so beschlossen! Du musst mit mir kommen! Sein Wort ist Gesetz!" Berengar hielt einen Moment inne.

„Du hast doch unsere Gesetze nicht vergessen, kleiner Bruder?"

Baldwin senkte den Kopf, damit Berengar nicht die Tränen sah, die in seinen Augen standen. Leise murmelte er: „Nein, ich habe sie nicht vergessen." Fortunatus seufzte tief, erhob seinen Blick und seine Arme und betete laut: „Danke, Herr Jesus, dass du deine liebende, schützende Hand über unsere Familie und unsere Freunde hältst!" Er erhob sich, richtete seinen Blick nach oben und öffnete seine Hände mit den Worten:

1 Wer unter dem Schirm des Höchsten sitzt,
der bleibt unter dem Schatten des Allmächtigen.

2 Ich sage zu dem HERRN:
Meine Zuflucht und meine Burg,
mein Gott, auf den ich traue!
3 Ja, er wird dich retten vor der Schlinge des Vogelstellers und vor der verderblichen Pest;
4 er wird dich mit seinen Fittichen decken,
und unter seinen Flügeln wirst du dich bergen;
seine Treue ist Schirm und Schild. Amen!“
(Psalm 91, 1-4)

Dann blickte er uns alle an und sprach in seiner ruhigen bedächtigen Art: „Nun, da die Limestore über Nacht geschlossen sind, römische Wachsoldaten zwischen den Türmen hin und her patrouillieren und deshalb ihr, unsere germanischen Freunde, unmöglich heute Nacht noch zu eurem Stamm zurückkehren könnt, schlage ich vor, dass ihr jetzt alle zu Bett geht, denn es ist spät geworden. Morgen werden wir packen und alles erledigen, was noch notwendig ist. Du, Berengar, kannst hier auf den Fellen vor dem Feuer schlafen. Ich gehe noch zu Armin und Adelberga und zu allen unseren Freunden, um sie zu warnen. Gute Nacht meine Lieben! Unser Herr Jesus segne und beschütze uns alle!“

Baldwin und ich liefen in meinen Schlafraum, während meine jüngere Schwester Dulcia mit meiner Mutter in ihre Räume gingen.

Nachdem ich die Türe hinter uns geschlossen hatte, fielen Baldwin und ich uns weinend um den Hals. Was? Wir sollten uns trennen? Morgen schon? Wir waren seit vier Jahren unzertrennlich gewesen, miteinander durch dick und dünn gegangen, hatten so manches Abenteuer bestanden. Aber was das Allerschönste war: Baldwin, mein einst heidnischer, fremde Götter verehrender Germanenfreund war tatsächlich mein Bruder in Christus geworden! Er hatte Jesus Christus, Gottes Sohn, in sein Herz eingeladen, ihn als seinen Retter, Heiland und Erlöser angenommen und war von meinem Vater getauft worden. Mein Vater war nämlich nicht nur ein Händler, sondern auch von der Christengemeinde in Rom ausgesandt, das Wort Gottes zu verkünden und Jesus Christus in den entlegendsten Winkel Germaniens und Rätiens zu bringen.

Und hier standen wir nun in meinem Zimmer, weinend und verzweifelt.

Nur noch ein paar Stunden, dann würde das Unvermeidliche eintreten, etwas, an das wir in all den Jahren nie gedacht hatten ---- Trennung!

Nachdem wir uns ein wenig beruhigt hatten, setzten wir uns auf die Felle und Kissen meines Bettes. Baldwin hatte in drei Tagen seinen elften Geburtstag, den wir ja nun nicht mehr miteinander feiern konnten.

Aber ich hatte bereits das Geschenk für ihn und so holte ich aus meiner Truhe das kleine Holzkästchen hervor und gab es meinem Freund mit den Worten: „Es sollte zu deinem Geburtstag sein, Baldwin, jetzt ist es mein Abschiedsgeschenk für dich. Na ja, eigentlich ist es für uns beide."

Mit großen, neugierigen, noch etwas geröteten Augen öffnete er das Kästchen und holte einen goldenen Anhänger heraus.

Es war ein Fisch, der aus zwei Teilen bestand. Vorne an der Spitze des Mauls und hinten in der Mitte der Flosse waren der obere und der untere Teil zusammengeklickt mit zwei Verschlüssen. Wurden die beiden Hälften aber getrennt, konnte man nicht erkennen, was es war. Erst beim Zusammenfügen der beiden Hälften entstand wieder die vollständige äußere Form des Fisches.

„Möchtest du die obere oder die untere Hälfte?", fragte ich ihn. „Die obere", antwortete Baldwin. Wir drückten die zwei Teile vorsichtig auseinander und ich gab ihm die obere Hälfte mit der kleinen Goldkette daran und legte sie ihm um den Hals. Daraufhin legte er mir den anderen Teil, der ebenfalls an einer Goldkette befestigt war, um meinen Hals.

„So wie die beiden Hälften zusammengehören, gehören auch du und ich zusammen, in Jesus, für immer. Wir haben keine Ahnung, ob oder wann wir uns wiedersehen hier in dieser Welt, aber wenn wir uns tatsächlich in Jahren wiederbegegnen sollten, wird der Fisch unser Erkennungszeichen sein."

Baldwin nickte mir zustimmend zu und dann umarmte er mich.

„Faustus, ich danke dir für alles. Ich bin so froh, dein Freund zu sein! Jesus segne dich auf allen deinen Wegen und ich bete, dass er uns eines Tages wieder zusammenführt."

„Amen, so sei es", antwortete ich. Dann krabbelten wir unter die Decken und schliefen ein.

Vater hatte die ganze Nacht damit verbracht, unsere Freunde und Bekannten zu warnen, vor allem Armin und Adelberga, Onkel und Tante von Baldwin und Berengar. Seit mehr als vier Jahren lebten sie hier bei uns im Lagerdorf von Gamundia (Schwäbisch Gmünd), und da sie selbst kinderlos waren, hatten sie ihren Neffen Baldwin bei sich aufgenommen. Wie sein Onkel wollte er Schmied werden und wurde von ihm in die Kunst eingewiesen, mit flüssigem Metall, Hammer und Amboss umzugehen. Armin, Adelberga und Baldwin gehörten unserer kleinen Christengemeinde an, die sich sonntags immer bei uns im Haus traf, in einem besonders großen Raum, der mit einfachen Fresken aus dem Leben Jesu ausgeschmückt war: Jesus, der gute Hirte mit einem Lamm auf seinen Schultern, Jesus und Petrus auf dem Wasser gehend mit dem Schiff im Hintergrund und Jesus mit der Samariterin am Brunnen. Dieser Raum war unsere Hauskirche, in der wir miteinander das Wort des Herrn lasen, ihn lobpreisten mit Liedern und Gebeten und das Mahl des Herrn feierten. Auch Neulinge wurden dort getauft. Außer unseren beiden Familien gehörten noch sechs Soldaten der 1. rätischen Kohorte zu uns, die im Kohortenkastell Gamundia stationiert waren, des weiteren noch zehn Familien, die vorwiegend von der hier ansässigen Bevölkerung abstammten, nämlich Kelten und Germanen. Fünf von diesen Familien beschlossen, mit uns zusammen nach Mogontiacum (Mainz) zu reisen und dort abzuwarten, was hier in unserem Gebiet so geschehen würde, immer in der Hoffnung, eines Tages wieder hierher zurückzukommen. Mit unseren Soldatenbrüdern konnte mein Vater nicht sprechen, weil diese entweder im Kastell in ihren Quartieren übernachteten oder aber Nachtwache schoben in einem der Wachtürme am Limes. Deshalb schrieb er Gaius eine Nachricht von unserer Abreise und den Grund dafür. Er bat darum, es den anderen fünf ebenfalls mitzuteilen. Diese Nachricht schrieb er mit einem Bronzestäbchen auf zwei Holztäfelchen, die mit Wachs überzogen waren. Er band die Täfelchen mit einem Lederriemen zusammen, so dass die beschriebenen Seiten nach innen zeigten, und versiegelte sie mit Wachs, in das er abschließend seinen goldenen Siegelring hineindrückte. Im oberen Teil des Siegels war eine Taube eingraviert, das Symbol für den Heiligen Geist, im unteren Teil ein Fisch. Mit dem Fisch hat es nämlich eine besondere Bewandtnis: Im Griechischen heißt „Fisch“ „Ichthys“ und jeder Buchstabe hat für uns Christen eine eigene Bedeutung:

I für Jesus,

CH für Christus,

TH für Theou, d.h. Gottes,

Y für Yios, d.h. Sohn,

S für Soter, d.h. Retter

ICHTYS enthält für uns Christen folglich die Botschaft: Jesus Christus Gottes Sohn Retter!

Armin und Adelberga wollten der Aufforderung ihres Clanchefs Arnulf gehorchen und zu ihrem Dorf zurückkehren, um dort die frohe, erlösende Gnadenbotschaft von Jesus Christus zu verkünden. In derselben Nacht luden sie ihren Besitz auf einen Wagen mit allen Gerätschaften aus Haus und Schmiede, um nach Sonnenaufgang mit ihren beiden Neffen durch das Limestor das Römische Reich zu verlassen und schließlich in das freie Germanien zurückzukehren, aus dem sie vor mehr als vier Jahren gekommen waren. Es fiel ihnen nicht leicht, Abschied zu nehmen von ihren Freunden aus unserer kleinen Gemeinde und von dem schönen Leben in Gamundia mit all seinen Annehmlichkeiten. Die regelmäßigen Besuche im Kastellbad hatten immer zu ihren besonderen Freuden gehört. Ich weiß noch, wie verblüfft und begeistert sie nach ihrem ersten Aufenthalt im Bad gewesen waren, mit den beheizten Fußböden und Wänden und dem heißen Wasser, wie sie es genossen, sich darin zu aalen. So einen Luxus gab es im freien Germanien nicht. Auch auf die exotischen Früchte aus dem Römischen Reich wie Oliven, Feigen, Pflaumen und Pfirsiche sowie den Wein aus Spanien würden sie wohl in Zukunft erst einmal verzichten müssen.

Vor Sonnenaufgang trafen sie bei uns ein und wir frühstückten noch ein letztes Mal zusammen. Wir lachten über unsere gemeinsamen Erlebnisse und Erinnerungen und weinten über unseren Abschied, doch auch mit sehr viel Dankbarkeit in unseren Herzen darüber, dass Jesus uns zusammengeführt hatte, hier in einem Lagerdorf in Rätien. Mein Vater schenkte Armin eine von ihm selbst angefertigt Abschrift der vier Evangelien. Baldwin und Berengar übergab er die beiden letzten drei Monate alten Welpen aus dem Wurf unsere beiden Wolfshunde Luna und Lupus. Meine Mutter überreichte Adelberga eine wunderschöne Kette aus Bergkristallfischchen mit goldenen kleinen Kugeln dazwischen. Von unseren germanischen Freunden bekamen mein Vater und ich je ein Messer, das Armin und Baldwin für uns zu einem besonderen Anlass geschmiedet hatten, während meine Mutter und meine Schwester mit je einer wunderschönen Bernsteinkette beschenkt wurden. Unser aller Freude und Begeisterung über diese wunderbaren

Geschenke war groß und so lagen wir uns ein letztes Mal in den Armen. Dann legte mein Vater seine Hände segnend auf die Häupter unserer Freunde und sprach: „Gott der Vater und Jesus der Sohn und der Heilige Geist segne euch und behüte euch auf allen euren Wegen. Auf Wiedersehen meine Freunde, auf Wiedersehen!“ Dann bestiegen sie mit den zwei Welpen ihren Wagen, der von zwei kräftigen Pferden gezogen wurde, und fuhren davon. Wir schauten ihnen so lange nach, bis sie um die nächste Biegung verschwunden waren. Wann würden wir sie wiedersehen? Würden wir uns überhaupt nochmal wiedersehen in dieser Welt? Mit einem lauten Händeklatschen riss Mutter uns aus diesen wehmütigen Gedanken: „So, jetzt heißt es auch für uns packen, meine Lieben!“

„Ich gehe noch zu Lucius, dem Lagerkommandanten, um mit ihm die Lage zu besprechen“, meinte mein Vater, „und ich will ihm auch die Holztäfelchen für Gaius übergeben. Richtet die Sachen zusammen, ich verstaue sie später auf den Wagen. Die anderen Familien werden um die Mittagszeit bei uns sein, dann geht‘s los. Bis nachher!“ Fortunatus ging hinein, holte die Täfelchen und machte sich zu Fuß auf den Weg zu Lucius, der etwa zehn Minuten von uns entfernt wohnte. Da dieser der Befehlshaber der 1. rätischen Kohorte war, stand ihm ein geräumiges Steinhaus zur Verfügung, welches sich abseits vom eigentlichen Lager befand. Nachdem mein Vater den bronzenen Türklopfer in der Form eines Löwenkopfes betätigt hatte, wurde ihm von einem Sklaven des Lucius die Türe geöffnet. Dieser führte ihn in das Arbeitszimmer, wo Lucius an seinem Schreibtisch saß. Lucius blickte erstaunt auf: „Ach du bist es, Fortunatus, schön, dich zu sehen! Was treibt dich schon so früh zu mir? Ist was passiert?"

„Lucius! Sei gegrüßt, mein Freund! Ich muss mit dir sprechen. Meine Familie und unsere engsten Freunde werden heute gegen Mittag Gamundia verlassen. Wir wollen zurück nach Mogontiacum (Mainz). Man hat uns gewarnt, dass die Alamannen den Limes stürmen würden. Immer mehr Elbgermanen haben ihr Stammland verlassen und siedeln nun jenseits des Limes'."

„Danke für deine Warnung, Fortunatus! Ich ahnte es bereits. Meine Spähtrupps haben mir von den sich zusammenrottenden Alamannen berichtet. Es sieht nicht gut aus für uns. Weißt du, der Kaiser in Rom, Severus Alexander, führte einen Feldzug gegen die Perser und hat viele Truppen von unserer Reichsgrenze dafür abgezogen. Davor waren wir hier fünfhundert Mann Besatzung, jetzt sind wir gerade mal noch zweihundert Mann stark. Und in den anderen Kastellen sieht es genauso schlecht aus. Die Alamannen wissen, wie schwach wir inzwischen sind. So wie wir sie beobachten, beobachten sie uns auch. Zwanzig Jahre lang hatten wir Frieden, seit Kaiser Caracalla durch das große Limestor (in Dalkingen) geschritten war, um gegen sie zu Felde zu ziehen. Mit dem Frieden ist es jetzt bald vorbei. Wir werden auf jeden Fall kämpfen müssen, ob mit vielen oder wenigen Soldaten. Aber es sieht wahrlich nicht gut für uns aus." Lucius hielt einen Moment inne im Sprechen und lief unruhig im Raum auf und ab. Schließlich blieb er stehen und fuhr fort: „Am besten nehmt ihr die Straße nach Civitas Aurelia G., (Cannstatt) Fortunatus, dann nach Portus (Pforzheim) und weiter bis zum großen Fluss Rhenus. Dort setzt ihr über und nehmt die linke Rhenusstraße bis Mogontiacum. Rastet und übernachtet nur in den Straßenstationen! Sie sind bewacht und daher sicher. Es ist viel zu gefährlich, nachts zu reisen. Uns fehlen die Soldaten, um die Straßen gut zu sichern, daher treibt sich viel räuberisches Gesindel herum. Bei Tag werden sie es wohl eher nicht wagen, euch anzugreifen, aber bei Nacht gebt ihr eine leichte Beute ab. Und glaube mir, mein Freund, die fackeln nicht lange! Ich habe schon einige Gräber auf Friedhöfen gesehen, auf deren Grabsteinen geschrieben stand: „von Räubern erschlagen". Haltet euch nirgends lange auf, sondern seht zu, dass ihr so schnell wie möglich über den Rhenus gelangt. Erst dann seid ihr wirklich sicher. Wenn eure Germanenfreunde euch schon warnen, kann der Angriff nicht mehr lange auf sich warten lassen. Mögen alle unsere Götter mit uns sein." Bei diesen Worten ging Fortunatus einen energischen Schritt auf seinen Freund zu, blieb vor ihm stehen, blickte ihm direkt in die Augen und rief aus: „Lucius, *es gibt keine anderen Götter*! Es gibt nur Gott den Allmächtigen, den Schöpfer des Himmels und der Erde und Jesus Christus, seinen Sohn. Dieser ist Mensch geworden und hat mit uns hier auf Erden gelebt, ist gestorben am Kreuz für unsere Schuld, und weißt du was, Lucius? Er hat sie komplett bezahlt, ein für alle Mal! Am dritten Tage ist er auferstanden von den Toten und aufgefahren in den Himmel, wo er jetzt zur Rechten Gottes sitzt. Die Götzen, von denen du redest, ‚sind Silber und Gold, von Menschenhänden gemacht. Sie haben einen Mund und reden nicht, sie haben Augen und sehen nicht; Ohren haben sie und hören nicht, eine Nase haben sie und riechen nicht; Hände haben sie und greifen nicht, Füße haben sie und gehen nicht; mit ihrer Kehle geben sie keinen Laut'. (aus Psalm 115,4-7) Sie werden dir überhaupt nichts nützen und dir nicht helfen, wenn du in Not bist, denn es gibt sie nicht!"

Fortunatus packte den Lagerkommandanten an beiden Schultern und schüttelte ihn. „Lucius! Versteh doch! Sie existieren nicht! Menschen haben sie erfunden und ihnen menschliche Eigenschaften zugesprochen, oder die Naturerscheinungen zu Götzen gemacht. Und auch der Kaiser in Rom ist kein Gott, auch wenn er sich als Gott verehren lässt." Lucius sah seinem Gegenüber völlig unbeeindruckt zu. Mit einer hochgezogenen Augenbraue und einem süffisanten Schmunzeln gab er zurück: „Fortunatus, Fortunatus, sei vorsichtig, mein Freund! Wer den Kaiser nicht als Gott verehrt, kann schnell einmal am Kreuz enden, oder in der Arena, wenn es öffentlich wird. Zumindest war es in der Vergangenheit immer mal wieder so, dass viele von diesem deinem Glauben an Jesus mit dem Leben bezahlt haben. Du siehst, ich bin durchaus informiert.“ Beschwichtigend legte er seinen Arm um Fortunatus‘ Schulter. „Von mir hast du nichts zu befürchten. Unter uns gesagt, auch für mich ist der Kaiser in Rom nur ein Mensch, und der, den wir jetzt gerade haben, dieses Bürschchen Severus Alexander, das Muttersöhnchen, der mit Mutti die Regierungsgeschäfte leitet“, und mit diesen Worten spuckte er verächtlich auf den Boden, „das heißt sie leitet und er führt es aus, diesen Schwächling kann ich schon gar nicht leiden, und viele Soldaten denken und fühlen da wie ich. Ha! Und was unsere Götter angeht, da verlasse ich mich lieber auf meine Erfahrung und auf mein Schwert.“ Er grinste und schlug mit der flachen Hand heftig auf sein Schwert an seinem Gürtel.“

„Lucius“, bat Fortunatus eindringlich, „vergiss meine Worte nicht und wenn du in Gefahr bist, rufe Jesus Christus an! Hörst du! Vergiss das nicht!“ Fortunatus holte tief Luft: „So, und jetzt habe ich noch eine Bitte: Gib Gaius diese Nachricht von mir. Wirst du das für mich tun?“ Mit diesen Worten übergab er Lucius die versiegelten Täfelchen. „Natürlich!“, erklärte Lucius bereitwillig. „Und, Fortunatus, wenn ihr in Mogontiacum angekommen seid, schicke mir eine Nachricht, wenn du kannst."

„Das werde ich, Lucius, und ich danke dir. Solltest du jemals nach Mogontiacum kommen, dann besuche uns. Jesus segne dich, mein Freund." Die beiden Männer umarmten einander. Dann drehte sich Fortunatus um und machte sich auf den Heimweg. Während er noch ein letztes Mal durch die Siedlung ging, die er so lieb gewonnen hatte, vorbei an den kleinen Tavernen, dem Metzger und dem Bäcker an der Ecke, den Händlern, die so allerlei anboten von Schmuck über Esswaren, Tiere, Waffen und Kleidung, vorbei an dem bunten Treiben auf den Straßen und den lachenden Menschen, die aus einigen Teilen des Römischen Reiches kamen, betete er inniglich für Lucius, dass der den Weg zu Jesus finden möge. Zuhause angekommen, legte er noch Hand an beim Packen und Verstauen der Möbel und Kisten auf dem Reisewagen. Zuletzt spannte er die zwei Pferde an. Es war geschafft, wir waren soweit. Papa, Mama, Dulcia und ich gingen noch einmal durch unser ganzes Haus, das nun leer war und verlassen aussah. In unserem Gebetsraum verweilten wir einen Augenblick länger, fassten uns an den Händen und Vater betete laut: „Danke, Herr Jesus, für alle Erfahrungen und Erlebnisse, die du mit uns geteilt hast in diesen zwölf Jahren, die wir hier gelebt haben, für die Geburt von Faustus und Dulcia, die hier das Licht der Welt erblickten, für alle Freunde, die hier mit uns fröhliche, besinnliche und auch traurige Stunden verbracht haben, für jede Taufe, einfach für alles, Herr! Halleluja! Und jetzt gib uns allen eine sichere Fahrt nach Mogontiacum. Halte alles Unheil von uns fern und beschütze und segne alle unsere Freunde und Bekannte diesseits und jenseits des Limes'. Und wenn es dein Wille ist, lass uns eines Tages wieder hierher zurückkehren. Amen". Dann verließen wir unser Haus, Vater schloss die Türe hinter uns zu und wir bestiegen unseren Reisewagen. Die anderen Familien, die mit uns kommen wollten, waren bereits eingetroffen, und so fuhren wir los, unsere alte Heimat verlassend, einer unbekannten Zukunft entgegen. Ich blickte zurück, wollte mir alles noch einmal ganz tief in mein Herz einprägen – Gamundia – das Kastell auf dem Hügel, darunter das Kastellbad und im Tal unseren schönen Vicus, unser Lagerdorf. Sanft berührte ich die Fischhälfte an der Kette um meinen Hals: „Auf Wiedersehen, Baldwin! Auf Wiedersehen", und dabei flossen Tränen über meine Wangen. Dulcia weinte auch und unsere Mutter nahm uns liebevoll in ihre Arme, drückte uns fest an ihr Herz und wischte uns sanft die Tränen vom Gesicht. Sie hielt uns so lange, bis auch die letzte Träne versiegt war. „Ich liebe dich, mein Sohn, und dich, mein süßes Mädchen", flüsterte sie uns leise zu. „Auch ich vermisse Baldwin bereits sehr. Es ist, als ob ich ein Kind zurücklassen müsste." Sie holte tief Luft, seufzte und wischte sich die Tränen aus den Augen.

2.) Baldwin

Während wir schweigend die holprige Pflasterstraße entlangschaukelten und jeder seinen eigenen Gedanken nachhing, stiegen in mir die Erinnerungen auf. So hatte alles angefangen vor etwa vier Jahren: An einem sehr kalten Spätherbsttag gingen meine Mutter und ich in den Wald, um Schlehen zu sammeln, über die der erste Frost gegangen war. Wir hatten unsere beiden Wolfshunde Luna und Lupus dabei, weil mein Vater immer sagte, wir sollten uns aus Sicherheitsgründen nie ohne die beiden in die wilden Wälder Germaniens und Rätiens wagen, wo Bär, Wolf und Luchs zuhause sind. Mutter und ich genossen es, zusammen zu sein, Schlehen zu pflücken und das bunte Herbstlaub, auf dem jetzt der dicke Raureif lag, mit den Füßen zu durchpflügen und nach oben zu wirbeln. Die Sonne leuchtete durch die entlaubten Eichen und Buchen und der Raureif schimmerte in allen Regenbogenfarben. Unsere Hunde tollten fröhlich herum und steckten ihre dicken Schnauzen in jedes Loch, das sie finden konnten. Wir lachten und sangen und staunten über die Schönheit von Gottes Schöpfung. Plötzlich hielten Lupus und Luna inne in ihrem Spiel und rannten aufgeregt davon, die Nasen am Boden. Mutter und ich blieben verdutzt stehen, denn so hatten sich die beiden im Wald noch nie verhalten. Wir liefen ihnen nach, hatten sie aber schnell aus den Augen verloren. Nach kurzer Zeit kam Luna aufgeregt bellend zurückgelaufen. Vorsichtig nahm sie meine Hand in ihre Schnauze und zog mich mit sich mit. Dann ließ sie los und rannte voraus, wir beide hinterher. Immer wieder drehte sie sich zu uns um, bis wir auf eine kleine Lichtung im Wald stießen, wo wir Lupus bellend vor einer Grube stehen sahen. Als wir bei ihm ankamen und über den Rand in die Grube schauten, sahen wir einen kleinen blonden Germanenjungen, etwa in meinem Alter, auf der Erde liegen, den rechten Unterarm hatte er unnatürlich von sich gestreckt. Auch sahen wir Blut an seinem Kopf. Aber Gott sei Dank, er atmete noch! Der Gesichtsausdruck meiner Mutter veränderte sich von Überraschung zu Besorgnis. „Faustus, mein Sohn, nimm Luna mit und lauft so schnell ihr könnt heim zu Papa, der möchte zusammen mit Bran und Aidan hierherkommen. Wir brauchen auch eine Leiter und natürlich warme Decken." Sie blickte wieder in die Grube und flüsterte leise: „Dieser arme Junge." Ich rief Luna zu mir und wir sausten los, sie vorneweg, ich hinter ihr her. Die Bäume und Büsche flogen an uns vorbei. Nach einer kurzen Weile kamen wir aus dem Wald heraus und auf die Straße, die zu unserem Dorf führte, vorbei am Friedhof und am Kastell rannten wir, den Hügel hinunter am Kastellbad vorbei in die Straße, an deren Ende unser Haus stand. Die Leute drehten sich teils neugierig, teils kopfschüttelnd nach uns um, was ich im Augenwinkel noch bemerkte. Wir stürmten in den Lagerraum, von dem ich wusste, dass mein Vater heute dort war, um Bestandsaufnahme seiner noch nicht verkauften Waren zu machen. Japsend und nach Luft ringend brach es aus mir heraus: „Papa, Papa, Papa! Mama und ich haben einen verletzten Germanenjungen in einer Grube im Wald gefunden! Er blutet stark am Kopf! Schnell, Papa, schnell, komm mit. Mama hat gesagt, du sollst Aidan und Bran mitbringen und eine Leiter und warme Decken." Wieder rang ich nach Luft. Vater ließ sofort seinen Griffel fallen, rief seinen beiden keltischen Mitarbeitern zu, sie sollten die große Leiter mitnehmen und er selbst holte noch zwei Decken aus der Truhe, die in der Ecke stand. Dann eilten wir alle zusammen los, Luna zuerst, uns den Weg zeigend. Mein Vater fragte mich nichts, da er erkannte, dass ich alle Mühe hatte mitzuhalten und immer noch Luft einpumpte wie ein Maikäfer. Bei der Grube angekommen, sahen wir Lupus oben am Rand sitzen. Meine Mutter war in der Grube, hielt den blonden Jungen im Arm, ihr Halstuch auf seine blutende Kopfwunde pressend. Ihren Kapuzenmantel hatte sie so gut es ging auch um ihn geschlungen. „Endlich, da seid ihr ja!", ertönte es aus der Tiefe. „Macht schnell, holt den Kleinen nach oben, er muss dringend ins Warme. Ganz kalt ist er, das arme Kind." Aidan und Bran ließen vorsichtig die Leiter in die Grube hinab und Vater kletterte hinunter. Behutsam wickelte er den Jungen in eine Decke, legte ihn sich über Brust und rechte Schulter und stieg langsam die Leiter wieder hinauf. Oben angekommen, nahmen unsere zwei Kelten den Kleinen in Empfang.

Da Aidan der Stärkste von den Männern war, wurde ihm der Verletzte in die Arme gelegt, damit er ihn heimtrage. In der Zwischenzeit war auch meine Mutter wieder heraufgeklettert. „So, und jetzt nichts wie ab nach Hause! Ich muss ihn so schnell wie möglich versorgen. Lauft geschwind, aber sei vorsichtig mit dem Kleinen, Aidan, ganz vorsichtig.“ Zuhause angekommen, legte Aidan den Jungen sanft aufs Bett meiner Eltern. Mutter kochte heißes Wasser in der Küche, warf Heilkräuter hinein und wusch ihm dann erst einmal die Kopfwunde aus. Daraufhin presste sie ein sauberes, zusammengelegtes Stück dicken Tuches mit einem Holzklötzchen darauf fest auf die Wunde und ließ Vater das Ganze mit einem Tuchstreifen um den Kopf fixieren, so dass der Druck auf der Wunde erhalten blieb, damit das Bluten aufhörte. Nun wusch meine Mutter dem immer noch ohnmächtigen Jungen das Gesicht und untersuchte seinen rechten Unterarm, der gebrochen war. Behutsam brachte sie alles wieder in die richtige Position und schickte Vater los, um zwei Holzbrettchen zu holen. Damit fixierte sie den Unterarm so, dass die Knochen wieder richtig zusammenwachsen konnten. Danach zog sie ihm alle Kleider aus und untersuchte ihn von Kopf bis Fuß. Sie reinigte sämtliche Schrammen, die er sich bei seinem Sturz zugezogen hatte, strich eine Heilsalbe darauf und verband auch diese Wunden. Schließlich holte sie aus meiner Kleidertruhe ein warmes keltisches Hemd mit Karomustern und eine keltische Hose mit Streifenmuster heraus und zog sie ihm über. Seine Füße umwickelte sie mit kleinen Schaffellen und deckte ihn noch behutsam mit weiteren Fellen und Decken zu. Im Zimmer wurde es langsam wärmer, da Vater in der offenen Feuerstelle ein Feuer angezündet hatte. Mutter bat Vater und mich, bei dem Jungen zu bleiben, und ging in die Küche, wo sie einen Tee aus Heilkräutern herstellte. Auch die Gemüse-Hühnersuppe kochte sie auf. Als der Tee fertig war, brachte sie ihn ins Schlafzimmer und flößte ihn unserem Verletzten Löffel für Löffel behutsam ein. Ab und zu schlug er jetzt die Augen auf und stöhnte vor Schmerzen. Mutter gelang es mit viel Geduld und sanften liebevollen Worten, ihm immer wieder ein Schlückchen Tee zu geben. Zärtlich streichelte sie seine Wangen. Sie betete für ihn, und Papa und ich stimmten ein, unseren Herrn Jesus um Heilung für den Jungen zu bitten. Nach einer Weile sahen wir, wie sein zuvor totenblasses Gesicht wieder Farbe bekam und wie die Wärme die Eiseskälte aus seinem Körper vertrieb. Hatte er anfangs am ganzen Leib gezittert vor Kälte, so wurde er jetzt ganz ruhig und entspannte sich immer mehr. Mutter schickte mich los, um meine Schwester Dulcia bei Una und Davnat, den Frauen unserer beiden benachbarten keltischen Helfer, abzuholen, wo sie mit deren Kindern den Tag über gespielt hatte. Kaum waren wir beide zurück, gab es ein Abendessen für uns fünf. Dabei durften Dulcia und ich den Jungen abwechselnd füttern. Er sagte nichts, schaute uns nur mit seinen großen blauen Augen fragend an und schlief sofort nach dem Essen ein. Wir anderen redeten noch eine Weile und Mutter erzählte uns, wie sie vorsichtig an dicken Wurzeln entlang, die aus dem Erdreich geragt hatten, in die Grube hinuntergeklettert war. Wir mussten unwillkürlich lächeln bei der Vorstellung, wie unsere liebe, leicht pummelige Mama an den Wurzeln hing, wie ein Maikäfer, betend, dass diese sie aushielten und sie nicht hinunterstürzte. Sie erklärte uns auch, dass es allerhöchste Zeit gewesen war, dass der Junge gefunden und gerettet worden sei, weil er sonst verblutet und erfroren wäre. Tja, wie sagte Mama immer: Gottes Zeitplan ist eben perfekt.

Papa, Dulcia und ich gingen bald schlafen, während Mama die ganze Nacht bei unserem Verletzten wachte und dafür sorgte, dass das Feuer nicht ausging. Manchmal schreckte der Junge schreiend aus dem Schlaf auf und Mutter beruhigte ihn sanft. Ab und zu gab sie ihm schluckweise Tee zu trinken und kontrollierte seine Körperwärme. Die nächsten Tage schlief unser Findelkind viel, Dulcia und ich fütterten ihn und saßen abwechselnd an seinem Bett. Mutter übernahm die Nachtwache. Seine Wunden heilten zusehends und die Schmerzen wurden von Tag zu Tag weniger. Als ich ihm am vierten Tag das Frühstück brachte, saß er im Bett und schaute mich an. „Guten Morgen, wie geht es dir heute?“, fragte ich ihn, nicht wirklich eine Antwort von ihm erwartend. Schließlich hatte ich keine Ahnung, ob er unsere Sprache überhaupt verstand. Doch zu meiner ganz großen Überraschung antwortete er mir in gutem Latein mit leicht germanischem Singsang in der Stimme: „Es geht mir viel besser. Mein Name ist Baldwin. Wie heißt du?“

„Ich heiße Faustus. Und wer bist du?“

„Ich bin der Sohn von Arnulf, dem Clanchef der Alamannen jenseits der Grenzlinie. Und du?“

„Ich bin der Sohn von Fortunatus und Gratia, und meine jüngere Schwester heißt Dulcia, weil sie so süß ist.“ Ich lächelte ihn an und Baldwin lächelte zurück und nickte leicht mit dem Kopf: „Ja, das ist sie wirklich. Wie alt bist du, Faustus?“

„Ich habe sieben Winter gesehen. Und du?“

„Ich auch“, entgegnete Baldwin. „Na dann sind wir ja gleich alt, und Dulcia ist fünf. Hast du auch noch Geschwister?“, fragte ich ihn. „Ja, meinen fünf Winter älteren Bruder Berengar, er lebt bei unseren Eltern. Ich bin vor kurzem zu meiner Tante Adelberga und meinem Onkel Armin gezogen, weil ich auch Schmied werden will wie er. Sie wohnen am Ende der Siedlung, etwas abgelegen, dort, wo die Töpfer mit ihren Brennöfen sind, weil auch wir Schmiede mit Feuer hantieren und die Brandgefahr für die Häuser sonst zu groß wäre.“ Ich stellte mir das Gesicht von Mama und Papa vor, wenn sie entdeckten, dass ich verschwunden und nach vier Tagen immer noch nicht wieder zuhause wäre. Allein schon die Vorstellung vom Schmerz meiner Eltern legte sich bedrückend auf meine Brust. Mit einem Schlag wurde mir bewusst, dass ich sofort handeln musste. „Ich will jetzt sofort zu deinen Verwandten gehen und ihnen sagen, dass du lebst und bei uns bist. Die machen sich bestimmt ganz schreckliche Sorgen um dich."

„Ja, ganz bestimmt. Danke, Faustus." Ich gab ihm zum Frühstück Brot und Käse und ein Stück Wabe mit leckerem Waldhonig und verließ eilends den Raum. Zuerst erzählte ich Mutter kurz, was Baldwin mir gesagt hatte. Sie beschloss, sofort mit mir zusammen zu dem Schmied und seiner Frau zu gehen. Und so liefen wir durch die ganze Siedlung, vorbei an verschiedenen Garküchen, aus denen es mehr oder weniger lecker duftete. Aus den Tavernen drangen bereits Lachen und Lärm zu uns auf die Straße, das sich mischte mit dem Schreien der Händler, die alles Mögliche anboten. Endlich bogen wir in die Töpfergasse ein und fragten uns zu dem Schmied durch. Er wohnte im letzten Haus in der Straße, seine Schmiede stand etwas abseits vom Wohnhaus. Wir klopften an und eine große Frau mit schönen dicken blonden Zöpfen öffnete uns die Tür. Sie hatte lustige Sommersprossen im Gesicht und grüne Augen, die vom vielen Weinen ganz verquollen waren. Erstaunt und fragend sah sie uns an. Ich sprudelte gleich los: „Baldwin ist bei uns!" Die Frau sagte kein Wort. Sie schaute mich an, dann

Mama. Sie stützte sich am Türrahmen ab und rutschte langsam nach unten. Dort am Boden sitzend, schlug sie die Hände vors Gesicht und weinte. Ihr Körper zitterte. Mutter trat zu ihr, legte ihr die rechte Hand auf die Schulter und sagte ruhig: „Baldwin lebt und es geht ihm schon viel besser." Adelberga stand auf. Ich ging zu ihr hin und erzählte: „Wir fanden Baldwin in einer Grube im Wald. Er war schwer verletzt und Mama hat ihn verbunden. Er hat mich zu euch geschickt." Sie umarmte mich und drückte mich so fest an sich, dass mir fast die Luft wegblieb. Jetzt liefen Freudentränen über ihr Gesicht. Sie ließ mich los, um auch meine Mutter zu umarmen, die sie sogleich einlud, mit uns zu kommen. Adelberga holte schnell ihren Wollumhang, der durch eine Fibel auf ihrer Schulter zusammengehalten wurde, und wir drei machten uns auf den Weg nach Hause. Dabei berichteten wir ihr, was sich zugetragen hatte, und Mutter erklärte, wie wichtig es sei, dass Baldwin noch etwas bei uns bliebe, bis sein Arm und sein Kopf geheilt wären. Sie müsse ihm auch immer wieder die Verbände wechseln und ihm die Heilkräuter geben, damit sich die Wunden nicht entzündeten, fügte sie noch hinzu.

Adelberga war glücklich und dankbar, dass sie ihren Neffen wiederhatte. Dies war der Beginn einer wunderbaren Freundschaft, nicht nur zwischen Baldwin und mir, sondern auch zwischen Papa und Armin und Mama und Adelberga. Sie kam jeden Tag, oft mit

Armin, und brachte Essen für uns alle, um meine Mutter zu entlasten und um Baldwin zu besuchen. Armin war der größte und stärkste Mann, den ich je gesehen hatte. Seine Oberarme waren so dick wie Papas Oberschenkel und seine riesigen Hände erinnerten mich an starke Bärentatzen. Immer, wenn er in der Schmiede stand, hatte er seine langen blonden Haare zu einem dicken Zopf gebunden, der ihm bis zwischen die Schulterblätter fiel. Kam er aber zu uns, trug er die Haare lang und nur die Schläfenhaare waren zu zwei kleinen Zöpfen geflochten. Um den Hals hing eine Kette aus großen Bärenzähnen. Die waren von einem Bären, gegen den er selbst gekämpft und den er einst erlegt hatte. Er war ein lustiger und fröhlicher Mann, der jüngere Bruder von Arnulf, und Baldwin und ich hingen sehr an ihm. Später waren wir oft mit ihm im Wald, wo er uns das Lesen von Tierfährten lehrte, ebenso das Feuermachen. Er zeigte uns, wie man Fische fangen konnte in tiefen oder in flachen, in schnellen und auch in langsam fließenden Gewässern. Besondere Freude bereitete uns das Bogenschießen. Bald schon trafen wir Ziele sicher und auch in größerer Entfernung. Da er und Adelberga selbst keine Kinder hatten, waren wir zwei Jungs und Dulcia wie ihre Kinder. Manchmal, wenn wir bei ihnen zuhause waren und auf dem großen Bärenfell am Feuer saßen, erzählte er uns Geschichten aus dem freien Germanien, als er und sein Bruder Arnulf noch jünger waren und so manches Abenteuer erlebt hatten. Immer wieder musste er uns die Geschichte erzählen, als er im Wald dem Bären begegnet war und mit ihm auf Leben und Tod gekämpft hatte. Seine Siegestrophäe, die Zähne des Bären, trug er stets stolz um den Hals. Er scheute sich nicht, uns die Narben auf seiner Brust zu zeigen, die ihm die scharfen Bärenkrallen zugefügt hatten, und wir Kinder waren jedes Mal beeindruckt.

Auch erfuhren wir von Armin und Adelberga, dass sie im letzten Winter hier ins Lagerdorf gezogen waren, um die römische Kultur und Lebensweise besser kennenzulernen. Sie träumten davon, vielleicht die eine oder andere Errungenschaft zu ihrem Volk, den Alamannen, zu bringen. Der Clanchef und Bruder Armins hatte das begrüßt, wollte er doch mit den Römern die Handelsbeziehungen weiter ausbauen, weil das für den ganzen Clan Reichtum und Wohlstand bedeutete. Sein Dorf befand sich von unserer Siedlung etwa einen halben Tagesfußmarsch entfernt, jedoch im freien Germanien, jenseits der Grenzbefestigung.

Baldwin blieb etwa drei Wochen bei uns, bis seine Wunden vollständig geheilt waren, die Armschiene trug er noch etwas länger. Wenn Mutter Dulcia und mich und die drei Kinder von Davnat und Una im Lesen, Schreiben und Rechnen unterrichtete, nahm auch Baldwin daran teil. Er lernte schnell, und auch als er wieder in der Töpfergasse wohnte, kam er doch jeden Tag zum Unterricht. Auch gab er seine neu erworbenen Kenntnisse an Armin und Adelberga weiter, so dass auch sie bald des Schreibens und Lesens kundig waren. Im Gegenzug brachten sie uns ihre Sprache bei, was für meinen handeltreibenden Vater natürlich besonders von Vorteil war. Er sprach zwar ein paar Brocken alamannisch, aber mit diesen kam er nicht weit. Als er später seine germanischen Handelspartner aufsuchte und sie in ihrer Sprache anredete, waren die Freude, das Staunen und ihre Achtung vor ihm so groß, dass er ihr Händler Nummer 1 wurde. Das heißt nicht, dass sie nicht auch an andere Händler ihre Waren wie Felle, Bernsteinschmuck und blondes Frauenhaar, das bei den Römerinnen sehr beliebt war, verkauften, aber mein Vater erhielt immer das Beste von allem. Dazu kam noch, dass sich unter den Alamannen in unserem Grenzgebiet die Rettung von Arnulfs Sohn Baldwin durch unsere Familie herumgesprochen hatte, was uns in ihren Augen zu etwas Besonderem machte. Und so begegneten sie uns mit Ehrerbietung und Freundschaft. So manchem Römer in unserem Dorf allerdings gefiel das gar nicht und so wurden wir immer wieder einmal als Barbarenfreunde beschimpft. Besonders eine Begebenheit ist mir im Gedächtnis geblieben: Als ich eines Tages in die Ledergasse einbog, wurde ich plötzlich von zwei jungen Kerlen umringt, die etwas älter und größer waren als ich. Sie umkreisten mich und stießen mich hin und her, während sie mich einen miesen Barbarenfreund nannten. In einem kurzen Moment, als die beiden unaufmerksam waren, weil aus einer der Tavernen lautes Geschrei ertönte, rannte ich los, an ihnen vorbei. Baldwin, mit dem ich hier verabredet war, kam gerade in diesem Moment um die Ecke gebogen, erfasste sofort, was los war, stürzte sich auf meine beiden Angreifer und schlug wild auf sie ein. Er war so wütend, wie ich ihn nie mehr gesehen habe. Die beiden wussten erst nicht, wie ihnen geschah, so verblüfft waren sie über das Fäustegewitter, das da auf sie herniederprasselte. Dann nahmen sie ihre Beine in die Hand und rannten davon, als ob ein Rudel Wölfe hinter ihnen her wäre. Baldwin kam zu mir und fragte besorgt: „Faustus, alles klar mit dir, mein Freund?"

„Ja", antwortete ich ihm und versuchte zu grinsen. „Faustus", fragte er, „warum hast du dich nicht gegen die zwei gewehrt, ihnen eine mit der Faust verpasst? Mit denen wärst du doch auch selbst fertig geworden!"

„Weißt du, mein Jesus hat gesagt: Wenn dich einer auf die rechte Backe schlägt, so halte ihm auch die andere hin. (nach Matthäus 5,39) Und er sagte außerdem noch: Liebt eure Feinde, segnet, die euch fluchen, tut wohl denen, die euch hassen, und bittet für die, welche euch beleidigen und verfolgen." (Matthäus 5,44) „Waaaaas?" Das Fragezeichen konnte ich in seinem Gesicht lesen. „So was habe ich ja noch nie gehört! Wer ist denn dieser Jesus, der solche Dinge von sich gibt?"

„Jesus ist der Sohn des allmächtigen Gottes, des Schöpfers von Himmel und Erde. Jesus sprach mit ganz vielen Menschen und er bewirkte viele echte Wunder. Eine Menge Menschen haben das gesehen. Er war ganz Mensch aus Fleisch und Blut, wie wir es sind, und gleichzeitig ist er ganz Gott. Er ist unser Erlöser."

„Von was erlöst er uns denn, Faustus?", fragte Baldwin erstaunt. „Er erlöst uns von unseren Sünden, von allem Bösen, was in uns ist."

„Hm, meinst du auch von der unbändigen Wut, die ich hatte, als ich die beiden Kerle geschlagen habe?"

„Ja, genau das meine ich. Das Unbändige, das Hasserfüllte in deiner Wut, das meine ich. Oder auch die Unwahrheit sagen, lügen und stehlen und viele andere Dinge, die jemand schaden können. Jeder von uns sündigt, Baldwin." Ich legte meine Hand auf seine Schulter. „Schau mal, ihr habt doch Regeln in eurem Dorf, an die sich alle Bewohner halten müssen. Was geschieht, wenn einer von ihnen gegen die Regeln verstößt?"

„Ist doch klar", rief Baldwin aus, „dann wird er bestraft!" Ich nickte und fuhr fort: „Jetzt stell dir mal vor, du hättest etwa ganz Schlimmes gemacht, auf das die Todesstrafe steht. Der Clanchef verurteilt dich zum Tode entsprechend den Regeln eures Gesetzes. Da taucht ein Mann auf in eurem Dorf, der noch nie eine

Regel gebrochen hat. Dieser Mann hört von deinem Fall und geht zu dem Clanchef und spricht: „Nehmt mich an Stelle von Baldwin! Ich gebe mein Leben für seines. Dieser Mann wird dann vor den Augen des ganzen Dorfes getötet und du bist frei und hast keine Schuld mehr, weil er für dich mit seinem Blut bezahlt hat und somit dem Gesetz genüge getan wurde." Baldwin blickte mich mit seinen großen Augen fassungslos an und setzte sich auf eine der Stufen der Taverne, neben der wir gestanden hatten. Eine ganze Weile sagte er nichts. Schließlich, nach einem hörbaren Atemzug, fragte er: „Faustus, meinst du wirklich, Jesus wäre für mich gestorben?"

„Ja!" Und jedes Wort betonend fügte ich hinzu: „Er IST für dich gestorben! Er liebt dich einfach! So wie du bist." Ich setzte mich neben meinen Freund. „Weißt du, Gott hat gewusst, dass wir sein Gesetz nicht erfüllen können, er hat es uns gegeben, damit wir sehen, wie schwach wir sind, und dass wir aus uns heraus nichts können. Dass wir ihn brauchen, seine Gnade und seine Liebe. Deshalb hat Gott seinen Sohn Jesus geschickt. Er war der Einzige, der das Gesetz voll und ganz gehalten hat. Er ist für unsere Sünden gestorben, damit wir leben dürfen in Ewigkeit. Und in unseren heiligen Schriften steht: Denn so sehr hat Gott die Welt geliebt, dass er seinen eingeborenen Sohn gab, damit jeder, der an ihn glaubt, nicht verlorengeht, sondern ewiges Leben hat." (Joh.3,16) Meine ausladenden Bewegungen verliehen meiner Begeisterung Ausdruck.

Mit einem Ausruf des Erstaunens und den Kopf schüttelnd, meinte Baldwin: „Das hat keiner unserer germanischen Götter für uns getan. Wir opfern ihnen Tiere, damit wir eine gute Ernte bekommen oder einen Sieg im Kampf, oder wir opfern, um zu danken." Er ließ dabei seine beiden Hände klatschend auf die Oberschenkel fallen.

„Wir müssen Gott weder Tiere, noch Getreide, noch irgendetwas anderes opfern", antwortete ich. „Mein Papa sagt immer, dass es der größte Wunsch von Gott sei, dass wir sein Geschenk von Jesus Tod annehmen und ihn und Gott, unseren Vater, anbeten. Wenn wir zu ihm beten, reden wir mit ihm wie mit unserem besten Freund. So wie du und ich jetzt gerade. Wir dürfen ihm alles sagen, was wir auf dem Herzen haben, er kennt uns ja in- und auswendig. Er kennt uns besser als wir uns selbst. Und es ist uns wichtig, dass wir uns bei ihm für alles bedanken, was er uns gibt. Weißt du, Baldwin", fügte ich schließlich noch hinzu, „es gibt keine anderen Götter, keine germanischen, keltischen, römischen noch sonst irgendwelche. Es gibt nur Gott den Schöpfer des Himmels und der Erde und Jesus seinen Sohn und den Heiligen Geist Gottes." Baldwin blickte mich nur an und sagte nichts mehr, doch konnte ich sehen, wie es in seinem Kopf ratterte.

Ich stand auf und ihm die Hand reichend, sagte ich: „Komm, lass uns nach Hause gehen, Mutter hat bestimmt was gekocht, ich habe jetzt einen Riesenhunger. Du nicht auch?“ Er nickte nur und dann liefen wir zu mir nach Hause.

3.) Im freien Germanien

Nachdem Baldwin wieder völlig gesund war, etwa vier Wochen nach seinem Sturz, überbrachte uns Armin eine Einladung von Arnulf dem Clanchef, der sich persönlich bei uns für die Rettung seines Sohnes bedanken wollte. Also packten wir ein paar warme Kleider ein und Gastgeschenke in Form von Nahrungsmitteln für Baldwins Familie. Dann fuhren wir los, alle zusammen, inklusive Lupus und Luna, in Armins Wagen. Er hatte seine beiden und unsere zwei Pferde vor seinen Wagen gespannt, weil es einfach sicherer war mit dieser geballten Ladung von vier Pferdestärken durch den Schnee zu kommen. Die römische Straße bis zum Limestor war weitgehend schneefrei, aber im freien Germanien mussten sich die Pferde durch den etwa zwei handbreit hoch liegenden Schnee durchkämpfen. So kamen wir nur langsam voran, was uns aber nicht störte, konnten wir doch die Landschaft mehr genießen. Da wir sehr früh am

Morgen aufbrachen, lag noch der Nebel wie ein dicker Schleier über den Hügeln, Wäldern und Tälern. Es war, als ob wir in eine geheimnisvolle andere Welt eintauchten, die uns nur kurz einmal einen genaueren Blick in sich gewährte, denn ab und zu lichteten sich die Nebelschwaden und Baumreihen waren zu erkennen, die dann urplötzlich wieder verschwanden, als ob sie nie da gewesen wären.

Hin und wieder ertönte der Schrei einer Eule oder eines Käuzchens. Die Luft war eiskalt und wir saßen dicht aneinandergedrängt und mit Fellen zugedeckt auf dem Wagen, während unsere Pferde stetig vorwärtstrabten. Mit der emporsteigenden Sonne färbten sich die Wolkenfetzen am Himmel in wunderschönes Blassrosa, Orange und Gelb und wir sahen und hörten Raben, die über uns hinwegflogen. Die Sonnenstrahlen leckten nach und nach die Nebelschwaden auf und wir konnten Füchse sehen, die über die verschneiten Wiesen liefen, auf der Suche nach Nahrung. Auch erkannten wir Rehe, die am Waldrand ästen und uns zwischendurch neugierige Blicke zuwarfen. Ein kleines weißes Hermelin huschte über die Schneefläche, um dann plötzlich in einem Loch zu verschwinden. Das letzte, was wir von ihm sahen, war seine schwarze Schwanzspitze. Der Schnee, der in allen Farben schimmerte, knarzte unter den Rädern unseres Wagens, die uns immer weiter ins wilde freie Germanien rollten. Wir waren neugierig und gespannt, was uns da wohl so alles erwarten würde und lachten und scherzten miteinander, froh und dankbar, zusammen zu sein. Etwa um die Mittagszeit kamen wir in der germanischen Siedlung an, die oberhalb eines kleinen Flusses lag. Sie bestand aus zwanzig Langhäusern und war von einem Palisadenzaun umgeben. Armin erklärte, dass das nicht unbedingt bei allen Siedlungen der Fall sei, sondern nur bei denen, die in Grenznähe zum Römischen Reich lägen. Normal seien es nur lose, ungesicherte, ungeplante Siedlungen, die aus einzelnen Bauernhöfen mit ihren Gärten und Ackerflächen bestanden. Städte nach dem Vorbild der Römer gäbe es bei den freien Germanen nicht.

Er fuhr uns bis vor das größte Gebäude in der Siedlung, das etwa acht Meter breit und dreißig Meter lang war. Arnulf, Berengar und Hildegund kamen strahlend auf uns zu und streckten ihre Arme zur Begrüßung aus. Es gab ein großes freudiges Hallo und was ich richtig gut fand, war, dass sie Latein sprachen, zwar nicht so perfekt wie Armin, Adelberga und Baldwin, doch gut genug, um sich mit uns unterhalten zu können. Dann führten sie uns hinein in ihr Haus, während Armin, Baldwin und Berengar den Wagen entluden und dann alles ins Haus trugen. Dieses bestand aus einem dreischiffigen Holzgerüst, in dem die Dachbalken von zwei Reihen Holzsäulen getragen wurden. In manche dieser Balken waren Tierfiguren geschnitzt. Ich bemerkte, dass der Bär besonders oft dargestellt war. Die Wände bestanden aus Lehm, der auf das Flechtwerk geworfen worden war, daher kommt auch das Wort „Wand“ von winden, flechten, wie Armin uns erklärte. Das Dach war mit Stroh gedeckt. Es gab zwei sich gegenüberliegende Türen an den Langseiten des Hauses. Fenster wie in römischen Häusern waren nicht vorhanden, nur so kleine Luken, Windaugen, wie sie die Germanen nannten, um frische Luft hereinzulassen. Das ganze Haus bestand aus zwei Haushälften, die durch eine Wand voneinander abgetrennt waren. In der einen befand sich der Wohnraum für die Menschen, in der anderen, mit Boxen unterteilt, der Stall für das Vieh: Rinder, Schweine, Schafe, Ziegen und Hühner. Armin erklärte uns, dass die Tiere viel Wärme abgeben, und so müsse man auch im Winter nicht frieren. Ein Rind war außerdem so viel wert wie ein Sklave, also musste man besonders auf die Tiere aufpassen. In der Mitte des großen Wohnraumes befand sich das Herdfeuer, eine offene Feuerstelle, auf der gekocht und gebraten wurde, die den Raum heizte und Licht spendete. Darüber im Dach befand sich ein Loch, so dass der Rauch abziehen konnte. Ich blickte nach oben und sah, dass die ganzen Holzbalken alle rußgeschwärzt aussahen. Eine römische Wand- und Fußbodenheizung kannten die Germanen jedoch nicht. Hier in diesem großen Raum lebte die ganze Großfamilie, also Arnulf, Hildegund, Berengar, ihre Knechte und Mägde und ihre Sklaven. Privatsphäre für den Einzelnen, wie wir Römer es gewohnt waren, gab es nicht. Hier in diesem Raum wurde gelacht, geweint, die Kinder geboren und gestorben. Wir staunten nicht schlecht. An den Seitenwänden befanden sich fellbedeckte Podeste, auf die wir uns alle setzten und die nachts auch als Schlafgelegenheit dienten. Arnulf nahm auf dem einzigen Stuhl Platz, als Herr des Hauses. Die Sklaven trugen zuerst einen Tisch herein und danach das Mittagessen. Über der Herdstelle hing ein Ferkel am Spieß und wurde von einer Sklavin langsam gedreht, sodass es nicht anbrannte oder nur einseitig garte. Der Duft strömte schon verlockend durch den ganzen Raum und wir merkten, wie hungrig wir von der Fahrt waren. Zuerst gab es in einfachen Tonschüsseln einen warmen Brei, bestehend aus zerstampfter in Wasser gekochter Gerste mit Honig, Nüssen und getrockneten Walderdbeeren, den wir nach einem kurzen Tischgebet genossen. Der Brei schmeckte köstlich und ab diesem Tag aßen wir ihn auch in Gamundia des Öfteren. Dazu wurden uns Wasser, Bier und der bei den Germanen so beliebte Met gereicht, eine vergorene Mischung aus Honig, Wasser und Hefe. Wir Kinder durften natürlich davon nichts trinken und meine Eltern genossen ihn nur in Maßen. Als nächstes gab es harten Käse, einen gekochten Erbsen- und Bohnenbrei, dünne Brotfladen und das am Spieß gebratene Ferkel. Mehr und mehr Stammesleute kamen herein und setzten sich dazu, aßen, tranken und feierten mit uns. Es wurde viel geredet, gescherzt und gelacht und der Lärmpegel stieg an, je länger das Fest dauerte. Mir fiel auf, dass die Germanen doch um einiges größer waren als wir Römer und dass sie nicht nur blondes Haar hatten, sondern auch braunes und rötliches. Ein Mann stach aus der Gruppe besonders hervor. Er sah so anders aus als die anderen, er schien mir irgendwie grimmig und hasserfüllt zu sein. Er hatte langes zottiges, braunes Haar, buschige Augenbrauen, sehr dünne Lippen, die seinem Gesicht einen überheblichen Ausdruck verliehen, und einen stechenden Blick. Es waren die kältesten Augen, die ich je gesehen hatte, und trotz der Wärme im Raum liefen mir eiskalte Schauer den Rücken herunter. Auf der Oberseite seiner Unterarme bemerkte ich zwei aufgemalte Schlangen in Rot und Schwarz, deren Köpfe auf den Handrücken ihre Mäuler weit aufrissen, zum Zubeißen bereit. Er hatte allerlei Knochenamulette und Metallteile an seinem Ledergewand, die bei jeder Bewegung leise klirrten. In der Hand hielt er einen mannshohen Holzstab, in Form einer Schlange. Ich stupste Baldwin an und fragte leise: „Wer ist denn dieser unangenehme Kerl da hinten?"

„Das ist Ragnar, der Schamanenpriester des Dorfes. Er führt die Opfer durch für die Götter und wirft Runensteine, um die Zukunft vorauszusagen. Ein wirklich unangenehmer Geselle. Komm ihm nicht zu nahe, er hasst alle Römer und liegt daher immer mit meinem Vater im Streit, weil der mit den Römern ein gutes Verhältnis will. Ragnar sagt, das sei Verrat an unserem

Volk. Von den Römern käme nichts Gutes. Jetzt hat ihm Vater den Mund gestopft, schließlich habt ihr Römer ja mich, den Germanen, vor dem Tod bewahrt. Da kann Ragnar nichts mehr sagen und das macht ihn nur noch wütender."

Das Fest ging bis tief in die Nacht hinein, Dulcia war im Schoss meiner Mutter eingeschlafen, Baldwin und ich schlichen uns irgendwann einmal nach draußen, um frische Luft zu schnappen und etwas Ruhe zu haben. Tat das gut, die eiskalte Nachtluft nach all dem Qualm! Über uns glitzerten die Sterne und der Mond stand als dünne Sichel über dem Hügel. Ein Käuzchen schrie warnend in die Nacht. Wir zuckten zusammen. Da hörten wir auf einmal Stimmen, die miteinander stritten. Schnell versteckten wir uns hinter der Hausecke und lauschten. Es waren die Stimmen von Arnulf und Ragnar. Gerade sagte Arnulf: „Ich warne dich, Ragnar, wenn du dieser römischen Familie auch nur ein Haar krümmst, wirst du das bitter bereuen. Ich werde dich aus dem Stammesverband ausschließen, du weißt, was das bedeutet: kein Schutz, keine Hilfe, keine Rückendeckung." Ragnar zischte zurück: „Die Götter haben gesagt, dass diese Römer uns Unglück bringen, ich habe es in den Runen gelesen." Arnulfs Stimme wurde spöttisch: „Was du nicht sagst, Rrragnarrrr", und dabei dehnte er die Buchstaben, so dass es wie das Knurren eines Wolfes klang, „diese Römer haben mein Kind vor dem Tod bewahrt, das soll Unglück sein? Du bist nicht ganz bei Trost! Und seltsam, seltsam, deine Götter sagen immer nur dann etwas, wenn es dir gelegen kommt und in deinen Kram passt. Das ist doch sehr verdächtig, findest du nicht auch?" Arnulf drehte ihm abrupt den Rücken zu. Wir hatten den Eindruck, er brauche diesen Moment, um seinen Zorn im Zaum zu halten. Mit einer heftigen Bewegung schritt er auf Ragnar zu und packte diesen an seinem ledernen Gewand unterhalb des Halses. Mit drohender Miene knurrte er zwischen den zusammengebissenen Zähnen: „Du hast in diesen Runen gelesen, dass mein Sohn Baldwin von einem Bären zerrissen worden ist, das hat meiner Hildegund und mir fast das Herz gebrochen. Ha!", stieß er ihn weg. „Und jetzt ist mein Sohn bei mir, gesund und munter! Er war in eine Grube gefallen. Lass mich bloß zufrieden mit deinen Runen und deinen falschen Göttersprüchen. Ich warne dich noch einmal! Lass die Finger weg von dieser Familie oder du bezahlst dafür." Arnulf packte Ragnar grob an der Schulter und knurrte ihn an: „Hast du mich verstanden?"

„Ja, ja", zischte der zwischen seinen dünnen zusammengepressten Lippen hervor, wand sich aus Arnulfs Griff und verschwand in der Dunkelheit. Baldwins Vater machte kehrt und ging ins Langhaus zurück. Wir beide blickten uns an und machten ebenfalls, dass wir „Land gewannen", da wir mit Ragnar nicht zusammentreffen wollten. Als wir wieder in den Wohnraum kamen, sahen wir, dass die Gäste bereits gegangen waren und die Mägde und Sklavinnen aufräumten, um die Nachtlager herzurichten.

Mama und Dulcia lagen beisammen, und Papa und ich legten uns zusammen, wobei unsere Köpfe sich an den Scheiteln berührten. Wir beteten miteinander und dankten Jesus für die gute sichere Fahrt, für die Menschen, die wir hier getroffen hatten und mit denen neue Freundschaften entstanden sind und für das gute, reichliche Essen. Dann fing Mama an unser Gute-Nacht-Lied zu singen und Papa und wir beiden Kinder stimmten mit ein: „Jesus, mein Jesus, ich danke dir, dass du immer, immer bist bei mir. Jesus, mein Jesus, ich danke dir, dass du immer, immer bist bei mir. Ich danke dir für die Freude und das Lachen, dass du mich sicher geführt an deiner Hand. Und jetzt nimm mich ganz fest in deine Arme und bring mich rüber ins Traumland." Die Töne stiegen auf wie die Funken aus der Feuerstelle und breiteten sich in dem ganzen Raum aus, bis hinein in den Teil, in dem sich das Vieh befand. Außer der Musik war kein Laut mehr zu hören. Wo vorher noch rumgenestelt, geflüstert und gekichert worden war und die Ketten der Tiere geklirrt hatten, herrschte jetzt Ruhe. Es kam uns so vor, als ob alles Leben hier in dem Haus für einen kurzen Moment den Atem angehalten hatte und jeder Ton in die Herzen der Bewohner gefallen wäre, um dort die Liebe und den Frieden von unserem Herrn Jesus hineinzubringen. Danach schliefen wir selig ein. Ein paar Stunden später erwachte ich, weil ich dringend austreten musste. Leise stand ich auf, hüllte mich in meinen wollenen Kapuzenmantel und ging draußen zu der Stelle am Palisadenzaun, die Armin uns gezeigt hatte. Es wurde langsam hell. Als ich fertig war und mich umdrehte, um zurückzulaufen, stand Ragnar vor mir. Er funkelte mich aus seinen hasserfüllten Augen böse an, während er mit seinem Schlangenstab vor mir herumfuchtelte und irgendetwas brabbelte, das ich nicht verstand. Ich erschrak zutiefst und spürte, wie sich die kleinen Härchen an meinem Nacken aufstellten. Mein Herz klopfte und raste! Da kam mir auf einmal die Geschichte in den Sinn, in der der junge David vor dem Riesen Goliath stand und Gott ihm den Sieg über Goliath geschenkt hatte. Ich schickte ein Stoßgebet zum Himmel: Jesus hilf mir! Dann schaute ich Ragnar ganz fest in die Augen und rief laut: „Im Namen von Jesus Christus, verschwinde Ragnar!" Die Worte unterbrachen die Stille der frühen Morgenstunde. Der Stab fiel Ragnar aus der Hand und zerbrach in zwei Teile. Mit vor Schreck geweiteten Augen stierte er zuerst auf seinen zerbrochenen Schlangenstab und dann auf mich, drehte sich um und rannte mit Riesenschritten davon. Von meinen lauten Worten aus dem Schlaf gerissen, kamen mein Vater, Arnulf, Baldwin, Berengar und Armin und noch ein paar Alamannen auf mich zugerannt. „Was ist los, Faustus? Ist alles in Ordnung mit dir? Bist du verletzt?", sprudelte es aus meinem Vater heraus. Er legte mir fürsorglich seine warme Hand auf die Schulter. Ich sah ihn an und antwortete: „Ragnar stand plötzlich vor mir, hat wie von Sinnen etwas gebrabbelt, was ich nicht verstand, und mit seinem Stab vor mir wie wild herumgefuchtelt. Da habe ich mich an David erinnert, vor Goliath, Vater, und habe Jesus angerufen, dass er Ragnar verjagen soll. Und stell dir vor: Dem ist sein Schlangenstab aus der Hand gefallen, als ob er auf einmal kochend heiß geworden wäre, und auf dem Boden zerbrochen. Sieh doch, Papa!" Dabei zeigte ich ihm die zwei zerbrochenen Teile im Schnee. „Dann nahm der Kerl die Beine in die Hand und rannte panisch davon." Die Germanen schauten staunend von mir auf die beiden Stabteile, die vor ihnen im Schnee lagen. Arnulf zog tief die Luft in seine Lungen ein und ließ sie beim Ausatmen zwischen seinen Zähnen hindurchpfeifen. Dabei schüttelte er fassungslos den Kopf, blickte seinen Bruder Armin an, der genauso fassungslos war wie er selbst, dann wieder auf mich und sagte langsam, jedes Wort betonend: „So etwas hat es bei uns noch nie gegeben. Ragnar hat hier im Dorf fast jedem Angst gemacht. Mir musste er sich beugen, weil ich der Clanchef bin und Macht über ihn habe. Faustus, du hast den Stab seiner Macht gebrochen. Ragnar hat keine Macht mehr."

„Nein, nein", entgegnete ich Arnulf, „Jesus hat das getan, der Sohn des lebendigen Gottes! Ich kann sowas nicht tun, aber Jesus kann alles machen und er hat Ragnar besiegt. Jesus hat das Böse besiegt." Mein Vater nickte bekräftigend: „Ja, so ist es, mein Sohn." Dann legte er mir die Hand auf die Schulter und wir gingen alle zurück in die Langhäuser, bis auf die fünf Männer, die Arnulf ausschickte, um Ragnar zu suchen und ihn gefesselt zu ihm zu bringen. Als wir zur Türe hineinkamen, bestürmten uns die Frauen mit Fragen und Mutter umarmte mich inniglich: „Gott sei Dank, dass ich dich gesund und munter wiederhabe. Danke, danke, danke Jesus!" Dann musste ich die ganze Geschichte noch einmal erzählen und die Reaktion der Frauen war genauso wie die ihrer Männer: Staunen, Fassungslosigkeit und die Erleichterung, Ragnar los zu sein. Da wir alle nach dieser nächtlichen Aufregung viel zu wach waren, um wieder einschlafen zu können, schürten die Sklavinnen das Feuer und bereiteten zusammen mit den Mägden das Frühstück, das wieder aus gekochtem Gerstenbrei mit Honig, Nüssen und Beeren bestand. Wir hatten gerade fertig gegessen, als die fünf Männer, die Arnulf ausgeschickt hatte, mit dem gefesselten Ragnar durch die Tür kamen. „Wir haben ihn gefunden, Arnulf. Er wollte gerade über den Fluss setzen, da haben wir ihn gestellt", berichtete einer der Männer. Arnulf erhob sich aus seinem Stuhl, zog in aller Ruhe sein Schwert aus der Scheide am Gürtel. Im Feuerschein glänzte die Klinge rötlich. Ganz langsam und drohend ging er auf den Schamanen zu, der am ganzen Leib zitterte und ihn angstvoll anstarrend kaum zu atmen wagte. Arnulf zielte mit der Schwertspitze auf Ragnars Kehlkopf. „Habe ich dich nicht ausdrücklich davor gewarnt, unseren Gastfreunden zu nahe zu kommen?“ Und dann brüllte er den Gefesselten an wie ein wilder Eber: „Habe ich nicht?“ Ragnar zitterte noch mehr und presste ein jämmerliches: „Ja, das hast du“ heraus. „Warum hast du meinen Befehl nicht befolgt? Du hast unsere Gastfreunde beleidigt und damit auch mich. Dafür verbanne ich dich aus diesem Stamm. Ich entziehe dir unseren Schutz und alle Rechte, die du bei uns gehabt hast. Verschwinde von hier und lass dich nie mehr wieder blicken. Wer dich findet, kann von nun an mit dir machen, was er will, ohne dafür zur Rechenschaft gezogen zu werden.“ Sich zu den fünf Männern wendend, befahl er: „Ihr bringt ihn vor das Dorftor und schließt es hinter ihm demonstrativ wieder zu.“ Die fünf nickten, packten Ragnar, der nur noch ein jammerndes und winselndes Häufchen Elend war, und schubsten ihn unsanft nach draußen. Dann wandte sich Arnulf zu uns um, packte Vaters Arm und meinte: „Fortunatus, es tut mir sehr leid, dass Faustus in diese Lage gekommen ist. Ich ...“ Vater unterbrach ihn gleich: „Arnulf, mein Freund, es war nicht deine Schuld. Mein Sohn ist wohlauf, Dank Jesus. Und jetzt lass uns auf die Jagd gehen, wie wir gesprochen haben.“ Arnulf nickte erleichtert. Er, mein Vater, Armin, Berengar und weitere sechs Männer warfen sich ihre Wollumhänge über, holten ihre Waffen, Speere und

Bögen, schnallten sich die Köcher um und verließen das Dorf, angeführt von Armin, dem besten Fährtenleser. Baldwin und ich mummelten uns ebenfalls ein und schnappten lange Holzstöcke, deren Knochenspitzen mit vielen Wiederhaken versehen waren. Wir gingen zu dem alten Knecht, den alle nur „Otter" nannten, weil er der beste Fischer des Dorfes war, so flink wie ein Otter und ebenso erfolgreich beim Fische fangen. Zusammen stapften wir zum Fluss, dessen Ränder bereits vereist waren, in dessen Mitte aber das Wasser noch floss. Dicke Weiden standen am Ufer und eine von ihnen war von einem Sturm umgerissen worden und lag über dem Fluss wie eine Brücke. Biber hatten ein Stück ober- und unterhalb das Wasser gestaut, so dass es nur sehr langsam abfloss; ein wunderschöner und friedlicher Ort. Viele Vögel hopsten durch die Zweige der Bäume und Sträucher, in denen noch vereinzelt rote Beeren, Schlehen und Hagebutten hingen. Auf einmal tauchte eine Wildkatze aus einer Höhle in einem dicken Baum auf und ging auf die Jagd. Sie hatte sich auf dem Ast vor ihrer Wohnhöhle geduckt und schoss plötzlich wie ein Pfeil auf einen Vogel zu. Ehe der sich versah, wurde er von der lautlosen Jägerin gepackt und stolz erhobenen Hauptes davongetragen.

Der alte Mann zeigte uns, wo die Fische schwammen, unter den Wurzeln der Bäume, die ins Wasser ragten. Ebenso plötzlich wie vorher die Wildkatze stieß er mit seinem Fischspeer ins Wasser, um ihn mit einem Fisch an der Spitze hängend herauszuziehen. Ich staunte! Das Ganze war in Windeseile vonstattengegangen. Otter hatte wirklich einen Blick für Fische. Baldwin und ich probierten es auch, stachen aber immer daneben, während der alte Mann einen Fisch nach dem anderen herauszog. Er lachte und entblößte dabei seinen fast zahnlosen Mund. „Ja, ja, meine Jungs, das nennt man Erfahrung und Übung. Wenn ihr mal in mein Alter kommt und so viel gefischt habt wie ich, dann habt auch ihr den Dreh raus." Er kicherte in sich hinein. „Auf, auf, ihr zwei, nicht nachlassen." Seine grünen Augen strahlten in dem runzligen Gesicht. Und so stachen wir weiter, bis wir tatsächlich einige Stunden später ebenfalls zwei Fische erwischten. Otter hatte seine fünfzehn Fische auf einen Lederriemen aufgefädelt, den er sich über die Schulter warf. Wir zwei und Otter hatten den ganzen Nachmittag viel Spaß gehabt und als wir wieder im Langhaus ankamen, waren wir froh, ganz nahe am Feuer sitzen zu können, um uns aufzuwärmen. Mutter hatte einen Kräutertee mit Honig für uns bereitet und so saßen wir mit den dampfenden Schalen in den kalten Händen und schlürften den heißen Tee ganz langsam. Es war wunderbar zu spüren, wie die Wärme sich in meinem Körper ausbreitete. Freudestrahlend präsentierten wir unsere beiden Fische, die von einer Magd sogleich ausgenommen, auf zwei Spieße gesteckt und nahe am Feuer in die Erde gedreht wurden, so dass die Hitze sie garte. Immer wieder wendete sie die Fische, damit sie auch ja gleichmäßig brutzelten. Dazu gab es dünne Brotfladen. Baldwin und ich fielen über das Essen her, hatten wir doch seit dem Frühstück nichts mehr gehabt. Dulcia blickte uns aus ihren rehbraunen Augen sehnsüchtig an und klimperte mit ihren langen wunderschönen Wimpern. Das klappte immer. Wir zwei Jungs schauten uns verständnisvoll grinsend an und dann gaben wir meiner Schwester von unserem Essen auch etwas ab. Sie freute sich sehr und gab jedem von uns einen dicken Kuss auf die Wange. Wir beide liebten sie sehr und konnten ihr einfach nichts abschlagen – sie wusste das.

Der Tag ging zur Neige, die Sonnenstrahlen färbten den Himmel in ein leuchtendes Orange, dann brach die Nacht herein. Kurze Zeit später kamen die Männer von ihrer äußerst erfolgreichen Jagd zurück. Sie berichteten uns, wie sie der Spur eines einzelnen Hirsches gefolgt waren und ihn dann gemeinsam erlegt hatten. An Ort und Stelle hatten sie ihn bereits zerlegt und das Fleisch auf die Männer zum Tragen verteilt. Berengar trug das Fell, das später von den Frauen gegerbt und somit haltbar gemacht wurde. Eine Hälfte des Hirschgeweihs bekam mein Vater als Andenken an die Jagd, die andere wurde von Arnulf mit einem Lederstreifen über einem der Windaugen aufgehängt, gut sichtbar für alle. (In Gamundia befestigte Vater seinen Teil des Geweihs ebenfalls über einem Fenster.) Die Mägde und Sklavinnen schnitten das Hirschfleisch in dünne Streifen und hängten es hoch über die Feuerstelle, damit es trocknen konnte und auch geräuchert wurde, so dass es über längere Zeit haltbar blieb. Die Innereien zerkleinerten sie und legten sie in einen großen Metallkessel, fügten Bier, Bohnen, Kräuter und Beeren dazu und ließen das ganze über dem Feuer garen. Es wurde ein herrliches Festessen! Bier und Met flossen wie bereits am Vorabend reichlich und die Jäger mit ihren Frauen und Kindern taten sich daran gütlich. Am nächsten Morgen hieß es dann Abschied nehmen. Das Wetter hatte sich verändert, die Sonne versteckte sich hinter dicken grauen Wolken und es roch nach Schnee. Arnulf, Armin und mein Vater hatten besprochen, dass es am besten sei, schnell aufzubrechen und so viel wie möglich Strecke hinter uns zu bringen, bevor wir in einen Schneesturm geraten und vom Weg abkommen könnten. So verabschiedeten wir uns nach dem Frühstück ganz herzlich von unseren neuen Freunden und fuhren in den grauen trüben Morgen. Das Wetter hielt bis kurz vor der Grenze zum Römischen Reich, dann aber setzte der Schneesturm mit voller Wucht ein. Dicke Flocken wurden vom Wind in unsere Gesichter und in die der Tiere gepeitscht. Wir zogen unsere wollenen Umhänge ganz eng um uns herum und die Kapuzen tief in die Gesichter und deckten uns mit den Fellen zu. Armin kletterte vom Wagen, führte die Pferde am Zügel und sprach beruhigend auf sie ein. Kurze Zeit später passierten wir das

Limestor. Unser Freund Gaius hatte Wache und ließ uns ohne irgendwelche Fragen zu stellen einfach passieren. Armin stieg wieder auf und wir fuhren auf der römischen Straße nach Hause.

4.) Ursa

Zurück in Gamundia nahm das Leben seinen gewohnten Gang. Einmal die Woche, nämlich Freitagabends, gingen wir mit unseren Freunden Baldwin, Armin und Adelberga zum Essen in die Taverne „Zum brüllenden Bären". Der Besitzer, Marcellus, ein kleiner, dicker Metzger mit schwarzen Locken, aus denen zwei abstehende Ohren herausragten, stellte die besten Bratwürste in der ganzen Gegend her. Er hatte auch das Schweinswürste-Rezept des römischen Feinschmeckers Apicius, der auch ein Kochbuch verfasst hatte, verfeinert, aber er gab seine Änderungen nicht preis. Nur wegen dieser Köstlichkeit kamen die Leute von weit her. Zu den Würsten gab es Mostbrötchen, bei denen man auf der Unterseite ein Lorbeerblatt eingebacken hatte, so wie Bier, Wein und Met. Marcellus war ein Freund und Handelspartner meines Vaters, der für ihn die Würste auch nach Ala (Aalen) zu der größten Garnison am rätischen Limes und nach Lauriacum (Lorch), dem letzten großen Militärlager am obergermanischen Limes, brachte. Dafür hatte er für die heißen Sommermonate Holzkisten mit doppelten Wänden gebaut, so dass zwischen die Wände und auf den Boden kalte Flusskiesel gefüllt werden konnten, damit die Würste in der Hitze nicht verdarben.

Die Kisten wurden dann noch mit einem Holzdeckel verschlossen. Marcellus fand diese Konstruktion meines Vaters genial.

Er war glücklich verheiratet mit einer Skythin aus dem fernen Osten, einer großen Frau, die um einiges größer war als er, aber genauso dick. Da keiner ihren richtigen Namen aussprechen konnte, nannten alle sie nur Ursa, die Bärin, denn so sah sie aus, und die Kraft und das Temperament einer Bärin hatte sie auch. Marcellus hingegen nannte sie nur: „mein Täubchen, mein Sternchen, mein Blümchen“, was uns und den anderen Gästen immer wieder ein breites Schmunzeln ins Gesicht trieb. Er liebte seine Ursa so sehr und machte daraus auch keinen Hehl. Vier Kinder hatten sie miteinander, zwei Jungen namens Primus und Secundus und zwei Mädchen mit Namen Terzia und Aurelia, die alle in der Taverne und bei der Wurst- und Brötchen-Herstellung mithalfen.

Als wir wieder einmal bei ihm speisten, setzte sich Marcellus zu uns. Wir scherzten und lachten, bis wir uns die Bäuche hielten. Dulcia fragte ihn, wie er denn Ursa kennengelernt hatte. Da bekam er glänzende feuchte Augen und erzählte: „Mein Täubchen, ja, sie wurde als Sklavin auf dem Sklavenmarkt angeboten. Da sah ich sie oben auf dem Podest stehen, diese wunderbare Frau mit ihren roten Haaren und ihren blauen Augen und ich verliebte mich auf den ersten Blick in sie. Und so kaufte ich sie vom Fleck weg. Sie sollte aber nicht meine Sklavin sein und deshalb ließ ich sie frei. Ja, sie wurde eine freie Frau!“ Für einen Moment verlor sich sein Blick in der Ferne. „Dann fragte ich sie, ob sie mir in meiner Taverne helfen würde, wozu sie auch sofort bereit war. Oh, und wie arbeiteten wir so wunderbar zusammen und lachten viel! Ja, ich liebte sie von Tag zu Tag mehr. Als ich es nicht mehr aushielt, schnitt ich ein paar Rosen aus meinem Garten, schöne rote Rosen, ging zu ihr und streckte ihr etwas linkisch die Blumen vors Gesicht. Sie schaute mich skeptisch an und fragte mich mit dem unwiderstehlichen Charme einer Bärin, und dabei rollte sie das „R“ so urig: „Marcellus, was soll der Unsinn? Was soll ich mit diesem Gemüse machen?“ Und ich entgegnete ihr: „Oh, du meine holde Blume, du bist so schön wie diese roten Rosen und auch so stachelig. Willst du meine Frau werden?“ Darauf hat sie dann schallend gelacht und gemeint: „Ach so, warum sagst du das nicht gleich. Also her mit dem Gemüse! Ja, ich will.“ Marcellus hatte bei seiner Erzählung, wie es so seine Art war, wild mit den Händen herumgefuchtelt und strahlte wie tausend Sonnen. „Ja, und dann haben wir geheiratet. Sie hat mich zum glücklichsten Mann gemacht, mein wunderschönes zartes Täubchen." In diesem Moment tönte es aus der Küche, und es klang nicht wie das Gurren einer Taube, sondern eher wie das Brüllen eines Bären: „Marcellus, wo steckst du? Wir brauchen mehr Würste. Komm her und quatsch nicht so viel!" Wir lachten herzlich und am lautesten lachte er. „Ich eile, mein wunderschönes zartes Blümchen, ich eile", sprach's und war auch schon auf dem Weg zur Küche.

Ursa hatte eine raue Schale, aber ein großes, weiches Herz, besonders für Kinder. Sie liebte Dulcia sehr. Was sie allerdings ganz und gar nicht leiden konnte, waren schlechte Manieren. Wer sich in ihrer Taverne unflätig benahm, betrunken herumbrüllte oder andere Gäste belästigte, der bekam es mit ihr zu tun.

Ich erinnere mich noch an einen Vorfall, als ein kräftig gebauter Mann einen anderen Mann am Tresen anstänkerte und mit ihm Streit suchte. Ursa packte ihn wütend am Kragen, und das in einer Leichtigkeit, als ob würde sie einen nassen Lappen packen, und gab ihm einen Schubs, dass er durch den ganzen Raum flog – bis zur Türe. Dann rappelte er sich auf und rannte, so gut er noch konnte, wankend davon. Ein zweites Mal wagte keiner mehr Ursas Regeln zu übertreten.

An einem warmen Sommerabend waren wir von Marcellus und Ursa zum Essen eingeladen worden, um ihren Geburtstag zu feiern. In ihrem Garten hatten die beiden eine große Tafel aufgebaut, mit roten und weißen Rosen dekoriert und reichlich gedeckt. Es gab hartgekochte Eier in Pinienkernsoße, eine Gemüsevorspeise mit Leber, Huhn, Spargel und Zwiebeln in Weinsoße mit Mostbrötchen dazu, gekochten Schinken mit getrockneten Feigen und Honig gefüllt im Teigmantel und zum Nachtisch Birnenauflauf. Es schmeckte alles so köstlich! Ursa blickte zufrieden von einem zum anderen und genoss die Ahs! und Ohs! und die anderen fröhlichen Begeisterungsstürme, die sich über sie und ihre Kochkunst ergossen. Meine Schwester saß neben ihr und die große Bärin drückte die süße Maus immer wieder liebevoll an sich. Ihre vier Kinder lächelten und waren froh, den Liebesbezeugungen ihrer Mutter für eine Weile entronnen zu sein. Dulcia jedoch genoss es sichtlich. Plötzlich legte meine Schwester ihre kleinen Arme um den Hals von Ursa und drückte sie so fest sie konnte. „Danke mein Jesus, dass du mir Ursa als Freundin geschenkt hast. Ich hab sie so lieb, pass bitte ganz gut auf sie auf.“ Ursa schaute Dulcia verdutzt und sehr gerührt an, gab ihr einen kleinen Kuss auf die Stubsnase und fragte: „Schätzchen, ich hab dich auch so lieb. Sag mal, wer ist denn Jesus?“ Aus Dulcia sprudelte heraus, was sie von Papa gehört hatte: „Jesus ist der Sohn des lebendigen Gottes. Er ist auf die Erde gekommen, um uns zu erlösen von allem Bösen, was wir gemacht haben, damit wir zu ihm in den Himmel kommen dürfen. Er hat alles Böse von uns am Kreuz getragen für uns und hat gelitten für uns und ist gestorben für uns, damit wir leben. Am dritten Tag ist er auferstanden von den Toten und später aufgefahren in den Himmel, wo er jetzt zur Rechten Gottes, des Allmächtigen sitzt. So lieb hat Gott uns, dass er seinen Sohn geschickt hat, um uns zu retten." Dulcia holte tief Luft und blickte Ursa erwartungsvoll an.

„Ah, er ist nur für die Römer gekommen?", folgerte Ursa. „Nein, nein, Jesus ist für alle Menschen gekommen, alle, alle. Wenn dir das Böse, das du in deinem Leben getan hast, leid tut und du es bereust, dann lade Jesus in dein Herz ein, er vergibt dir und er ist dir dann besonders nahe. Er bleibt dann in dir und stärkt dich. So bist du gerettet und lebst für immer, auch wenn du hier stirbst. Papa sagt, dass der Tod ist, wie wenn man durch eine Türe in ein anderes Zimmer geht." Ursa war sehr nachdenklich geworden.

„Ich denke nicht, dass dein Jesus mich liebt, nach allem, was ich in meinem Leben Schlimmes getan habe, kleine Dulcia. Dich liebt er ganz bestimmt, du süße Maus. Dich muss man einfach lieben. Aber mich …"

Ihr Gesicht wurde sehr ernst. „Weißt du, als ich jung war, gehörte ich zur Kämpferinnenelitegruppe, die Amazonen genannt wurde. Wir waren die größten, furchteinflößendsten und tapfersten Frauen aus unserem Stamm, der weit im Osten, jenseits des Schwarzen Meeres lebte. Wir wurden besonders im Reiten und Bogenschießen, Messerwerfen und lautlosen Töten ausgebildet, gehörten wir doch zur Leibwache des Clanchefs. Nur ihm waren wir unterstellt und ihn mussten wir beschützen und seine Befehle ausführen. Er war, wie sein Name in eure Sprache übersetzt heißt, ein reißender Wolf. Er gab sich nicht mit der Macht über seinen eigenen Stamm zufrieden, sondern wollte immer mehr Macht über die Stämme haben, die an unser Gebiet grenzten. Also führten wir einen Krieg nach dem anderen und wir Amazonen kämpften an seiner Seite, wilder und tödlicher als alle Krieger in unseren Reihen. Die letzte Schlacht verloren wir und so kam ich in Gefangenschaft, wurde an die Römer verkauft und landete schließlich auf dem Sklavenmarkt, wo mein Marcellus mich kaufte. Ich habe so viel Furchtbares gesehen und getan, mein Kind!“ Sie blickte in die Runde am Tisch und fügte hinzu: „Ich bin innerlich leer. Der Krieg macht Krüppel aus allen Beteiligten.“ Dabei streichelte sie Dulcia sanft über ihre Haare und Tränen rannen aus ihren blauen Augen.

Am Tisch war es mucksmäuschenstill geworden. Keiner hatte Ursas Geschichte gekannt, selbst Marcellus nicht.

„So schlimme Dinge kann dein Jesus nicht vergeben“, schluchzte die große Bärin verzweifelt. Dulcia nahm Ursas Gesicht zärtlich in ihre kleinen Hände, schaute ihr in die Augen und sagte dann sehr bestimmt und mit so viel Liebe in ihrer Stimme, dass auch wir anderen feuchte Augen bekamen: „Doch Ursa, mein Jesus ist auch für dich am Kreuz gestorben!“ Meine Schwester wischte Ursa mit ihrer Hand die Tränen weg. „Wenn du ihn annimmst, ist dir vergeben. Ursa, willst du Jesus?“

Die große Bärin weinte jetzt richtig. Es war, als ob alle Dämme in ihrem Inneren zerbrachen und weggespült wurden. Ihr ganzer Körper zitterte und bebte, dabei nickte sie mit dem Kopf und schluchzte: „Ja, ich will Jesus.“ Dulcia strahlte glücklich, küsste Ursas nasses Gesicht und jubelte laut: „Dann sehe ich dich im Himmel wieder, Ursa! Also jetzt sage meinem Jesus einfach: Danke Jesus, dass du mich so sehr liebst, dass du am Kreuz für mich gestorben bist, für meine Sünden. Ich bereue, was ich Böses getan habe und nehme dich an als meinen Retter, Heiland und Erlöser. Ich lade dich in mein Herz ein, Jesus, wohne in mir. Danke mein Jesus!“ Ursa wiederholte, was ihr von meiner Schwester vorgesagt wurde, und als sie fertig war, strahlte sie so glücklich, wie wir sie noch nie gesehen hatten. Sie drückte Dulcia ganz fest an sich und flüsterte ihr ins Ohr. „Danke mein Schatz.“

Mein Vater lud später alle für den kommenden Sonntag zu uns in die Hauskirche ein. Zu unserer Freude kamen sie alle: Marcellus, Ursa und ihre vier Kinder, Armin, Adelberga und Baldwin. Und nicht nur dass sie kamen, sie waren tief beeindruckt von Ursas Veränderung! Die drei Alamannen hatten noch dazu die Geschichte mit Ragnar und seinem zerbrochenen Stab vor Augen und sie hatten auch unser Gutenachtlied im Ohr, das sie so sehr ergriffen hatte. Sie alle luden Jesus in ihre Herzen ein und mein Vater taufte sie im Namen des Vaters, des Sohnes und des Heiligen Geistes. So hatte Jesus es aufgetragen. In unserem Hauskirchenraum stand ein Taufbecken, in dem ein Täufling nach dem anderen untergetaucht wurde mit den Worten: „Gestorben mit Jesus Christus" und als sie wieder auftauchten, sagte Vater: „Auferstanden mit Jesus Christus". Neun Taufen an einem Tag, das war Papas Rekord!

Von nun an kamen sie jeden Sonntagvormittag zu uns in die Hauskirche und sie lernten Jesus mehr und mehr kennen und lieben. Als Vater Ursa nach einer Weile fragte, ob sie immer noch diese große Leere in sich fühle, lachte Ursa hell auf und sagte: „Wie könnte ich noch leer sein, wo Jesus jetzt in mir wohnt und mich ausfüllt, Jesus, der das Leben ist?"

Und dann lachten sie beide. Oh Gott, Du bist so groß!

5.) Wer unter dem Schirm des Höchsten sitzt

„Faustus, Faustus mein Junge!“ Abrupt wurde ich von Vater aus meinen Erinnerungen herausgerissen und in die Gegenwart geholt.

„Ja, Vater?“

„Auf, steig herunter vom Wagen und hilf mir die Pferde abzuzäumen, reibe sie trocken und gib ihnen und den Hunden Futter. Wir bleiben über Nacht hier.“

Ich schaute mich um und sah, dass wir in einer der Straßenstationen haltgemacht hatten. Sie bestand aus einer großen Taverne im unteren Bereich des Gebäudes und aus Zimmern im oberen Bereich für die Reisenden. Es gab ferner Ställe für die Pferde und Stellplätze für die Wagen und eine Badeanlage. Der ganze Komplex war von einer Mauer umsäumt, die ein Tor zur Straße hatte, das bei Sonnenuntergang geschlossen wurde. Etwa acht Stationssoldaten bewachten das Gelände. Ich tat, was mein Vater mir aufgetragen hatte. Danach gingen wir in die Taverne, Lupus und Luna bewachten die Wagen.

Nachdem alle sich an die Tische verteilt hatten, trug der Wirt das Einheitsessen auf: dampfende Gemüsesuppe mit Huhn, Brot und Käse und dazu je nach Wunsch Wein, Bier oder Wasser. Neben uns hatten drei Soldaten Platz genommen, die sich über die militärische Lage an der Reichsgrenze unterhielten. Je mehr Bier sie tranken, desto wütender wurde der eine von ihnen. „Dieser Möchtegern von einem Kaiser“, donnerte er los, „dieser Severus Alexander! Aus dem Weg räumen müsste man ihn, diesen Milchbubi! Und ersetzen sollte man ihn mit einem richtig fähigen Mann, am besten mit einem Offizier!“ Sein Hocker stürzte um, als er heftig gestikulierend aufsprang. „Ins Unglück wird er uns hier stürzen! Wenn die Alamannen jetzt angreifen, sind wir verloren! Wir sind viel zu wenige Soldaten hier an der Grenze, er hat sie alle abgezogen für seinen verflixten Krieg im Osten. Aber das schert ihn ja nicht!“

„Halt die Klappe, Sextus!“, mahnte ihn sein Kamerad zur Zurückhaltung.

„Was du da sagst, ist Hochverrat! Du weißt, was darauf steht!“

„Na und“, polterte Sextus weiter und setzte sich wieder. „Wir sind so oder so tot, wenn das hier richtig losgeht und der Germanensturm über uns hereinbricht. Ich habe ein sehr mulmiges Gefühl im Bauch, dass das ganz bald geschehen wird.“ Mit hin und her bewegender Hand unterstrich er sein Bauchgefühl.

„Mit den Alamannen ist nicht zu spaßen, das sind mächtige und tapfere Krieger. Mein Vater hat unter Kaiser Caracalla gegen sie gekämpft vor zwanzig Jahren. Der muss es ja wissen!“

Da lachte der andere Soldat, klopfte Sextus so heftig auf die Schulter, dass dieser sein Bier verschüttete und meinte beschwichtigend: „Na siehst du, du alter Schwarzseher, die Alamannen sind zwar gute Kämpfer, aber wir Römer sind besser, diszipliniert und gut trainiert. Caracalla hat sie geschlagen, besiegt, wie du ja gerade selbst festgestellt hast. Also kein Grund zur Sorge, Sextus. Was einmal geschehen ist, kann wieder geschehen. Sollen sie doch kommen! Wir treiben sie wie die Hühner in die Wildnis zurück, von wo sie herstammen. Die ganze Welt rund um das Mittelmeer gehört Rom, da werden wir uns doch nicht von so ein paar primitiven Barbaren einschüchtern lassen!"

Sextus rollte mit den Augen und schlug sich mit der Hand an die Stirn: „Hast du es noch immer nicht verstanden, Fabius? Was nützt uns die ganze Disziplin, wenn wir zu wenige Soldaten sind, um zu kämpfen? In den meisten Kastellen ist nicht einmal mehr die Hälfte der Männer stationiert. Geht das nicht in deinen sturen dummen Schädel?

Wir-sind-zu-wenige-Soldaten,-um-einem-Angriff-der-Alamannen-standhalten-zu-können!-Die-werden-uns-ganz-einfach-überren-nen!"

Die letzten beiden Sätze hatte Sextus gedehnt, sehr langsam und deutlich ausgesprochen. Jetzt schaltete sich der dritte Soldat ein, der der Anführer war: „Schluss jetzt, ihr beiden! Unsere Aufgabe ist es, die Straßen zu sichern und von dem Diebesgesindel zu säubern, das dort sein Unwesen treibt. Decimus hat eines ihrer Lager ausgekundschaftet zwischen Civitas Aurelia G (Cannstatt) und Portus (Pforzheim). Wir werden vor der Morgendämmerung aufbrechen und sie ausräuchern mit Stumpf und Stiel. Habt ihr verstanden?“ Sextus und Fabius nickten.

Dann standen die drei auf und verließen den Raum.

„Gut zu wissen, dass die Soldaten vor uns die Straße säubern“, meinte Aidan, „damit wir nicht in Bedrängnis geraten.“ Wir anderen stimmten ihm zu und weil wir von der Reise müde waren, gingen wir zu Bett, um für den nächsten Tag ausgeruht zu sein. Davor aber dankten wir Jesus für alles und baten ihn um Schutz und Führung auch für den morgigen Tag.

Die Nacht verlief ohne besondere Vorkommnisse und am nächsten Morgen fuhren wir nach einem einfachen Frühstück, das aus Brot, Käse und hartgekochten Eiern bestand, weiter. Wir ließen Civitas Aurelia G hinter uns und folgten der Straße Richtung Portus, die rechts und links von Buchen und Eichen gesäumt war. Der Morgennebel hing noch tief und so erkannten wir nur die nächsten Meter vor uns. Die sechs Wagen fuhren dicht hintereinander. Wir alle spähten in die „milchige Suppe“ mit zunehmend mulmigerem Gefühl. Lupus und Luna hielten ihre Nasen in die Luft und schnüffelten nervös. Es fühlte sich an, als ob der Nebel Hände hätte, die nach uns griffen. Irgendetwas stimmte nicht. Selbst die Natur schien den Atem angehalten zu haben. Kein Laut war zu hören, keine Vogelstimmen, nur das Rattern der Wagenräder und die eisernen Hufschuhe der Pferde auf dem Steinpflaster.[1]

Plötzlich fingen die Hunde an, gefährlich zu knurren. Im selben Augenblick knackte es laut vor uns und eine dünne Buche fiel krachend vor den ersten Wagen, das war unserer, quer über die Straße. Von allen vier Seiten gleichzeitig brüllten raue Männerstimmen: „Runter von den Wagen!"

Acht Männer, mit Bögen, Schwertern und Speeren bewaffnet, tauchten vor uns auf, die Gesichter rußverschmiert, ihre Pfeile auf uns gerichtet. Ich glaube, in diesem Moment schickten wir alle leise ein Stoßgebet zum Himmel: Jesus rette uns!

Dann ging alles ganz schnell. Lupus und Luna stürzten sich auf die ersten beiden Räuber. Ehe diese auch nur begriffen, was geschehen war, lagen sie bereits mitsamt ihren Bögen und Pfeilen auf dem Boden.

Die Hunde standen über ihnen, fletschten wild ihre Zähne und hielten sie so in Zaum, da keiner es auch nur wagte, sich zu rühren, aus Angst davor, gebissen zu werden.

Das Geklapper von Pferdeschuhen war zu hören und aus dem Nebel kamen Wurfspieße, die römischen Pila, geflogen und setzten drei weitere Banditen außer Ge-

[1] Hufeisen gab es bei den Römern nicht

fecht. Dann sahen wir sie, die römischen Stationssoldaten, im gestreckten Galopp auf uns zureiten. Mit ein paar kurzen, heftigen Schwerthieben waren auch die letzten drei Schurken zur Strecke gebracht.

Vater pfiff die Hunde zurück und die beiden schlotternden Halunken wurden dem Kommandanten vorgeführt. Dieser erklärte uns, dass sie das Räubernest zwar gefunden und niedergebrannt hatten, aber die Vögel bereits ausgeflogen waren. Grimmig, aber sehr zufrieden mit der Situation stellte er fest: „Endlich habe wir die Kerle erwischt, die hier seit Monaten ihr Unwesen treiben, und das auch noch auf frischer Tat! Jetzt ist die Straße nach Portus wieder für eine Weile sicher. Gute Fahrt.“ Wir bedankten uns bei ihm und seinen Soldaten für ihre Hilfe, räumten den Baumstamm mit vereinten Kräften von der Straße und fuhren weiter. Ja, so hat uns Jesus aus der Hand dieser Räuber gerettet und uns vor Unheil bewahrt. Wir dankten unserem Herrn laut, indem wir die Psalmen 23 und 91 aus voller Brust sangen. Der Nebel lichtete sich zusehends, die Sonne kam durch und es wurde ein schöner Tag.

6.) Von Äpfeln und Birnen

Während wir weiter auf der Straße dahinschaukelten, gingen meine Gedanken zurück zu meinem Freund Baldwin. Wie es ihm wohl ergangen war seit unserem Abschied? Sanft berührte ich die Fischhälfte an der Kette auf meiner Brust. Würde sein Stamm auch mit den anderen Alamannenverbänden gegen die Römer kämpfen oder würden sie sich weigern und einfach abwarten?

Vor meinem inneren Auge sah ich meinen Freund vor mir, seine großen blauen Augen, die mich oft so schelmisch angeschaut hatten, und mir fiel die Geschichte ein, als wir meinem Vater einen Streich gespielt hatten. Ich musste schmunzeln ...

Es war im Herbst vor zwei Wintern gewesen. In unserem Garten hinter dem Haus hatte Mutter im vorderen Teil ihr Gemüse angepflanzt und dahinter wuchsen die Obstbäume von meinem Vater, auf die er so stolz war und die er hegte und pflegte. Dort standen zwei Apfelbäume, ein Birnenbaum, ein Pflaumenbaum, ein Pfirsichbaum, ein Nussbaum und zwei Reben, die die leckersten Weintrauben produzierten.

Da meine Eltern unser Haus von einem alten Mann gekauft hatten, der auch den Garten angelegt hatte, waren die Bäume groß und in vollem Saft. Jedes Jahr ernteten wir jede Menge Obst, das meine Mutter teilweise trocknete und Dörrobst und Rosinen für den Winter davon herstellte.

Eines Abends saßen Baldwin und ich in meinem Raum, als uns plötzlich die Idee kam, meinem Vater einen kleinen Streich zu spielen. Baldwin meinte, dass er Vater noch nie wirklich erstaunt gesehen hätte.

Die Obsternte stand an und da hatten wir einen Geistesblitz: Wir könnten die Birnen auf einen der Apfelbäume hängen und die Äpfel von dort an den Birnenbaum. Ha, was würde Vater da für Augen machen! Wir kicherten und quietschten bei der Vorstellung über sein völlig verdutztes Gesicht, wenn er Birnen ernten wollte und Äpfel vorfände. Am nächsten Morgen weihten wir Dulcia, Balfor, den Sohn von Bran und Davnat, und Darach und Aine, die Kinder von Aidan und Una, in unsere Pläne ein, denn es war unmöglich, diese große Aufgabe nur zu zweit zu bewerkstelligen. Wir brauchten Verstärkung.

Praktischerweise musste Vater für die nächsten drei Tage auf Reisen gehen nach Ala, Lauriacum und zu den kleinen Kastellen nahe dem Limes, um dort die Menschen mit den Würsten von Marcellus, als auch mit Getreide, Öl und Wein zu beliefern. Das passte unserer kleinen verschworenen Gemeinschaft wunderbar in den Plan, hatten wir doch jetzt genug Zeit für unser großes Vorhaben. So pflückten wir die Äpfel und Birnen, befestigten dünne Lederschnüre an den Stielen, mit denen wir dann die Äpfel an den Birnenbaum und die Birnen an den vorderen Apfelbaum hängten. Wir waren mitten in unserer Arbeit, als Gaius vorbeikam, einer der römischen Soldaten, die zu unserer Christengemeinde gehörten. Er blieb staunend am Gartenzaun stehen, mit einem breiten Grinsen auf seinem Gesicht. Er traute seinen Augen kaum. „Na, na, ihr fleißigen Bienen", ertönte seine sonore Bassstimme lachend über den Zaun, „was in aller Welt macht ihr da?" Baldwin drehte sich mit geröteten Wangen und strahlend vor Begeisterung zu ihm um: „Wir wollen Fortunatus einen Streich spielen und sind so gespannt, was er dazu sagt, dass sein Apfelbaum plötzlich Birnen und sein heiß geliebter Birnenbaum Äpfel trägt!"

Gaius schlug sich vor Begeisterung auf die Schenkel und lachte schallend: „Da wäre ich gerne Mäuschen, wenn Fortunatus die Bescherung sieht. Ihr seid doch Racker, ihr sechs! Na los, kommt mal her zu Onkel Gaius, ich hab was für euch." Und so stürmten wir zu ihm.

Er war mittlerweile durchs Gartentor hereingekommen und drückte uns alle sechs nacheinander an sein großes Herz.

Wir liebten ihn, unseren Onkel Gaius, wie wir ihn nannten. Seine Frau Drusilla und seine beiden zweijährigen Zwillingssöhne Adeodatus und Agnellus lebten im Dorf und wenn er keinen Dienst hatte, verbrachte er seine Zeit bei ihnen. Vor ein paar Monaten hatten Baldwin und ich ihn gefragt, ob er uns nicht einmal mitnehmen und uns einen Wachturm am Limes von innen zeigen würde. Das konnte er natürlich nicht einfach so machen, er musste sich erst die Erlaubnis vom Lagerkommandanten Lucius holen.

Da der aber Vaters Freund war, gab es keine Probleme für unsere Besichtigung. Wir fanden es spannend zu sehen, wie die Soldaten in den Wachtürmen lebten.

Der Grundriss des Turmes betrug 5x5 Meter bei einer Höhe von 16 Metern. Wir mussten eine Leiter hinaufklettern, die uns in den ersten Stock brachte. Einen ebenerdigen Zugang zu den Türmen gab es nämlich nicht, somit konnte weder Feind noch Tier plötzlich vor der Haustür stehen. Im Inneren führten weitere Leitern nach unten in den massiven ebenerdigen Vorratsraum, der keine Fenster aufwies, und nach oben in das zweite Stockwerk, wo die diensthabenden Soldaten sich aufhielten und entweder durch die Fenster die Gegend beobachteten, oder, wenn vorhanden, um die umlaufende Galerie patrouillierten. Die Soldaten, die gerade keinen Dienst hatten, hielten sich im ersten Stock auf. Gaius zeigte uns auch, dass jeder Turm mit zwei weiteren Türmen in Sichtkontakt stand, einen zur rechten und einen zur linken Seite, so dass bei Gefahr tagsüber mit polierten Bronzespiegeln oder Rauchzeichen, nachts mit Fackeln und im Nebel mit Hörnersignalen Botschaften weitergegeben werden konnten, und das sehr zügig. Die Kastelle im Hinterland sahen dann die Signale und konnten schnell die Reiterei und Fußsoldaten einsetzen und so den Feind in die Zange nehmen. Baldwin und ich fanden dieses ausgeklügelte System beeindruckend. Gaius erklärte weiter, dass die ganze Limesgrenzlinie von Obergermanien und Rätien etwa 550 Kilometer betrug und von mehr als 900 Wachtürmen bewacht wurde, ein jeder mit vier oder fünf Soldaten besetzt.

Der obergermanische Limes wies einen Palisadenzaun auf, und bei Gamundia, was bereits zu Rätien gehört, bestand die Grenzlinie aus einer etwa drei Meter hohen und 1,2 Meter dicken Mauer. Wow, wenn man sich überlegt, wie viel Arbeit das war, dies alles zu bauen! Baldwin und ich haben die Stunden mit Gaius und seinen Kameraden im Wachturm sehr genossen. Vater schickte Lucius, dem Lagerkommandanten, eine Amphore Wein zum Dank und alle waren zufrieden.

Nachdem Onkel Gaius uns sechs Racker, wie er uns nannte, fest umarmt hatte, holte er aus seiner Tasche süßes, klebriges Mandelgebäck und gab jedem von uns etwas davon. Es schmeckte so gut!

Seine Frau Drusilla stellte es selbst her und machte uns immer mal wieder eine Freude mit dieser Köstlichkeit.

Noch immer genüsslich kauend, ging es in den Endspurt, und am Abend hingen alle Äpfel auf dem Birnenbaum und die Birnen auf dem vorderen Apfelbaum.

Jetzt konnte Vater kommen! Wir mussten uns aber noch bis zum nächsten Mittag gedulden, bis er ans Ernten ging. Wir Kinder taten so, als ob wir im Garten spielten. Dabei beobachteten wir ihn ganz genau, wie er mit den Körben in den Garten kam und ein fröhliches Lied trällernd zu allererst zu seinem geliebten Birnenbaum ging.

Dann blieb er wie angewurzelt davor stehen und schaute ungläubig, seinen Augen nicht trauend, auf die Äpfel, die daran hingen. „Das gibt es doch nicht, das gibt es doch nicht“, brummte er immer wieder vor sich hin und schüttelte den Kopf. „Seit wann macht denn ein Birnenbaum Äpfel? Das gab es ja noch nie! Wo sind die Birnen hin, er hatte doch so viele? Ich versteh das nicht.“

Sein Gesichtsausdruck was so komisch, dass wir uns das Lachen verbeißen mussten und die Lippen zusammenpressten, um nicht laut rauszuplatzen. Irgendwann war es aber mit unserer Selbstbeherrschung vorbei und wir brüllten los. Wir fielen um und rollten im Gras, unsere Bäuche haltend und nach Luft schnappend vor Lachen!

Es hatte geklappt! Unser Plan ging auf!

Zuerst sah uns mein Vater fassungslos an, dann dämmerte es ihm langsam, dass wir ihn auf die Schippe genommen hatten, oder sollte ich sagen veräppelten?

Das Grinsen auf seinem Gesicht wurde breiter und breiter und am Ende brüllte und lachte er genauso wie wir, bis auch ihm die Tränen kamen und er sich den Bauch halten musste.

„Ihr seid mir schon so eine Bande“, meinte er dann kopfschüttelnd und setzte nach: „Na wenn ihr schon alle da seid, könnt ihr mir ja auch beim Abmachen der Früchte helfen.“ Und so halfen wir Vater fröhlich bei der Obsternte. Über diesen Streich wurde im Dorf noch lange gelacht.

7.) Der Bernsteinfisch

„Faustus“, Dulcia boxte mich sanft in die Rippen, „was grinst du denn so vor dich hin?“

„Ich habe gerade an die Geschichte mit den Äpfeln und Birnen gedacht – und an Vaters völlig verdattertes Gesicht, weißt du noch?“

„Na und ob“, lachte meine Schwester, „das werde ich nie vergessen.“

Dann wurde sie ernst: „Faustus, erinnerst du dich noch an jenen Februar, als ich so krank darniederlag und du und Baldwin immer an meinem Bett saßen? Ich vermisse ihn so sehr."

Ich nahm sie in den Arm. „Ich vermisse ihn auch, Dulcia, und um deine Frage zu beantworten: Natürlich erinnere ich mich noch an dein Kranksein. Ich habe noch nie so viel für dich gebetet wie damals. Du hattest so hohes Fieber, wir hatten alle Angst um dich. Baldwin und ich saßen an deinem Bett und machten dir kalte Wadenwickel und kühlten deine Stirn mit feuchten Tüchern. Mama gab dir Heilkräuter, machte dir Brustwickel und die ganze Gemeinde betete für dich. Du warst wie in einem Dämmerzustand, mal da, mal weg. Mutter hatte uns aufgetragen, dir immer wieder schluckweise von den Tees zu geben, damit du nicht austrocknetest. Ich hatte Baldwin noch nie so besorgt gesehen wie damals. Nur wenn er deine Hand nahm, wurdest du ruhig, das war schon sehr interessant", ich lächelte Dulcia an und sie wurde rot.

„Und die Art, wie er dir die verschwitzten Haare aus der Stirn strich, deine Wangen streichelte und dich aus seinen blauen Augen so liebevoll anschaute, hat mich ins Herz getroffen, kleine Schwester. Ich merkte auf einmal, dass er dich liebt, nicht wie ich, dein Bruder, dich liebe, sondern anders, du weißt schon." Ihr Gesicht hatte sich mittlerweile dunkelrot gefärbt und sie konnte mir nicht in die Augen schauen, sondern starrte auf den Boden des Wagens. „Da hab ich ihn gefragt, ob er in dich verliebt ist und er hat mir geantwortet: „Ja, Faustus, ich liebe deine Schwester. Wenn ich noch ein paar Jahre älter bin, möchte ich sie zur Frau haben. Nur sie und keine andere will ich über die Schwelle meines Hauses tragen, wie es bei uns so Brauch ist.“

Dann neckte ich ihn belustigt und meinte, zuerst einmal müsse er mich, deinen großen Bruder, fragen, ob ich damit einverstanden sei.

„Und, würdest du mir Dulcia geben, Faustus? Würdest du?“, hat er mich gefragt und mir wurde in dem Moment klar, dass er es absolut ernst meinte. „Ja, ich würde sie dir geben, Baldwin, und nur dir allein, weil kein anderer gut genug ist für meine Dulcia.“ Da ist er mir vor Freude um den Hals gefallen und du, Schwesterherz, hast glücklich gelächelt. Ich wette, du hast die ganze Unterhaltung mitbekommen, nicht wahr?“

Dulcia nickte, während sie immer noch verlegen auf den Boden starrte.

Ich schob sanft meine Hand unter ihr Kinn und hob so ihren Kopf nach oben, bis meine Augen ihre trafen. „Das muss dir nicht peinlich sein, Süße, du liebst ihn auch und das ist gut so.“

„Ja, das tue ich, Faustus, und ich will auch keinen anderen heiraten als nur Baldwin.“

Sie fasste unter ihre Tunika und holte einen Bernsteinfisch an einem Lederband hervor. „Das hat er mir damals, als ich wieder gesund war, geschenkt, als Versprechen, dass er mich dereinst heiraten würde."

Ich betrachtete den schönen Fisch, der aus einem Stück bräunlichen Bernsteines herausgeschnitten worden war. „Hat er ihn selbst gemacht?"

„Ja, das hat er! Für mich!" Sie lächelte glücklich. „Wann werden wir Baldwin wohl wiedersehen, Faustus?" Ich drückte meine Schwester innig an mich. „Ich weiß es nicht, aber ich hoffe und bete, dass es bald sein wird."

„Dafür bete ich auch", seufzte Dulcia. Dann hingen wir beide wieder unseren eigenen Gedanken nach, während wir uns von Moment zu Moment immer mehr von der Reichsgrenze entfernten. Von Zeit zu Zeit begegneten wir anderen Reisenden auf der Straße, berittenen Soldaten und Händlern auf Ochsenkarren mit ihren Gütern darauf, Fässern, Stoffballen, Amphoren, Säcken mit Getreide und vieles mehr. Wir riefen uns ein freundliches „Hallo" zu und dann trennten sich unsere Wege auch schon wieder. Während all diese Gesichter flüchtig an mir vorbeiglitten wie die Bäume, die die Straße säumten, teilte uns Mutter irgendwann etwas zum Essen aus, Brot, Würste und Karotten. Sie sagte immer, wir nagten so gerne an ihnen herum wie die Hasen. Als ich so herzhaft in meine dicke Karotte hineinbiss und mich das Knackgeräusch erfreute, kamen die Erinnerungen zurück…

8.) Karottensuppe

Es geschah im letzten Winter, ein paar Monate vor Dulcias Krankheit.

Der Winter war sehr hart, viel Schnee und eine eisige Kälte setzte uns allen sehr zu und malte Eisblumen an die Glasfenster. Eines Mittags standen Baldwin, Adelberga, Armin und sein Bruder Arnulf, der ziemlich mitgenommen aussah, vor unserer Tür. Er hatte offensichtlich an Gewicht verloren, war blass und hatte einen sehr besorgten Ausdruck auf seinem Gesicht. Mutter tischte gleich eine kräftige Hühnergemüsesuppe und Brot auf und wir staunten, in welchen Mengen diese im Bauch von Baldwins Vater verschwanden. Wir anderen aßen nur wenig, damit für ihn das meiste blieb. Als er fertig war, ergriff er die Hand meiner Mutter und schaute sie mit sehr ernstem Blick an: „Gratia, meine Frau ist sehr krank. Sie hat vor drei Tagen unsere Tochter geboren. Hildegund wird von hohem Fieber geschüttelt. Es geht ihr sehr schlecht. Außerdem hatten wir dieses Jahr eine Missernte.“

Mutter hörte aufmerksam zu und nickte verständnisvoll. „Der Stamm hungert jetzt schon seit geraumer Zeit“, fuhr er fort, „und vor kurzem kam noch eine Krankheit dazu. Viele haben Durchfall, der sie noch mehr schwächt. Einige Alte und Kinder sind schon gestorben. Bitte! Wir brauchen eure Hilfe, sonst sind wir verloren!“

Vater und Mutter schauten sich kurz an, dann kam Mutter in Fahrt: „Fortunatus und Armin, geht zu den Händlern im Dorf und kauft an Karotten, Getreide, Hühnern, Bohnen und Erbsen, was ihr bekommen könnt. Adelberga und ich werden inzwischen unsere Sachen packen und dann fahren wir ins Alamannendorf. Schnell, wir haben keine Zeit zu verlieren! Du, Arnulf, kannst dich hier auf die Felle legen und dich solange ausruhen.“ Gesagt, getan. Innerhalb von zwei Stunden waren wir abfahrbereit. Freunde hatten uns ihre Pferde geliehen, so dass wir mit zwei vollbeladenen Wagen, die jeweils von sechs Pferden gezogen wurden, abfuhren. Der Schnee lag hoch, daher kamen wir nur langsam voran, aber die Pferde stampften unermüdlich vorwärts. Da jeder Wagen von sechs Tieren gezogen wurde, hatten sie genügend Kraft und blieben nicht im Schnee stecken. Die Sonne schien und doch war es eiskalt. Wir kuschelten uns unter die Felle, um es so mollig warm wie möglich zu haben. Als wir dann endlich nach Stunden im Alamannendorf ankamen, bot sich uns ein trauriges Bild.

Die meisten der kleinen Kinder unter fünf Wintern waren krank. Aus ihren blassen Gesichtchen starrten sie uns mit ernsten Augen an.

Viele ihrer Mütter und Väter lagen ebenfalls darnieder. Hunger und Krankheit hatten sie gezeichnet. Aus den schweigenden hageren Menschen mit ihren hohlwangigen Gesichtern sprach das Wissen um Hunger, Schmerz und Verzweiflung.

Mutter verschaffte sich einen Überblick über die Situation und dann versammelte sie die noch einigermaßen gesunden Leute und wies sie an, große Metallkessel mit Wasser zu füllen, Karotten zu schälen und kleinzuschneiden, die Kessel dann über das Feuer zu hängen und lange kochen zu lassen. Sie selbst bereitete mit Adelberga und uns Kindern zusammen eine Hühnergemüsesuppe für die einigermaßen gesunden Leute zu, die mit Freude und Heißhunger, wie zuvor schon Arnulf, die Suppe genossen. Man konnte sehen, wie langsam Farbe in ihre Gesichter zurückkehrte. Nachdem die Karottensuppen in den Langhäusern etwa zwei Stunden gekocht hatten, ordnete Mutter an, dass man die gekochten Karottenstücke zerstampfen solle, so dass das Ganze einen Brei ergab. Diesen verdünnte sie mit Wasser und schmeckte ihn mit etwas Salz ab, das wir mitgebracht hatten. In Schüsseln verteilt, wurde er dann allen Kranken gegeben. Und so fütterten wir Gesunden die kranken Männer, Frauen und Kinder, bis auch der Letzte gegessen hatte.

Dankbarkeit leuchtete in ihren Gesichtern. Mutter hatte unterdessen bereits in den übrigen Langhäusern Kräutertees in den Metallkesseln bereitet, so dass genug für alle zur Verfügung stand. Während wir uns um die kranken Alamannen kümmerten, ging Mutter zu Hildegund, um für sie zu sorgen. Sie hatte nach der Geburt ihrer Tochter eine Entzündung bekommen und litt an hohem Fieber. Mutter reinigte sie mit einem speziellen Kräutersud, bestrich sie mit Heilsalbe, flößte ihr heilsame Kräutertees ein und machte Wadenwickel, um das Fieber zu senken. Während sie all dies ausführte, betete sie die ganze Zeit zu unserem Herrn Jesus um Gesundheit für Hildegund und alle Dorfbewohner. Arnulf saß dabei, seine kleine Tochter auf dem Arm haltend, die friedlich an seiner Brust schlief. Nach drei Tagen Karottensuppe und Kräutertees legte sich die Durchfall-Epidemie allmählich und die Menschen kamen langsam wieder zu Kräften.

Die Hühnergemüseeintöpfe stärkten sie täglich und nach etwa einer Woche waren sie alle wieder gesund. Hildegund hatte sich ebenfalls wieder soweit erholt. Wir alle freuten uns! Niemand hatte mehr sein Leben verloren, seit wir angekommen waren. Die Männer gingen auf die Jagd und kamen mit Reh, Hirsch und Wildschwein zurück und wir feierten ein freudiges Genesungsfest. In einer großen Dankesrede erhoben uns Arnulf und der ganze Clan in den Stand von Ehrenmitgliedern, was beinhaltete, dass wir unter dem besonderen Schutz dieses Clans standen.

Mit Gottes Hilfe hatten wir nicht nur die Frau des Clanchefs gerettet, sondern auch fast allen Bewohnern des Dorfes zur Heilung verholfen.

Arnulf gab Vater einen schwarzen Stein, in den eine Bärentatze eingeritzt war, mit den Worten: „Solltet ihr jemals Hilfe brauchen, dann zeigt diesen Stein und jeder Alamanne ist verpflichtet, euch beizustehen, so gut er kann."

Vater nahm den Stein dankend entgegen und verstaute ihn in einem Lederbeutel an seinem Gürtel.

Wir bedankten uns bei den Dorfbewohnern und am nächsten Tag fuhren wir nach Gamundia zurück. Die ganzen Vorräte hatten wir auf die zwanzig Langhäuser verteilt und so kamen die Alamannen gut durch den Rest des Winters.

„Faustus, mein Träumer, schau, da ist die Straßenstation von Portus. Bin ich froh, jetzt vom Wagen runterzukommen und mir die Beine zu vertreten!", rief mein Vater mir zu. „Und wenn sie eine Badeanlage haben, dann werden wir diese heute Abend genießen, was meinst du?"

„Ja, sicher", gähnte ich „und dann will ich nur noch ins Bett. Ich bin so müde von diesem Geschaukel und Hunger habe ich auch." So blieben wir die Nacht in

Portus, badeten, aßen und fielen danach wie die „gefällten Bäume“ ins Bett.

Nach dem Frühstück mit Brot, kaltem Fleisch und Käse brachen wir auf in einen wunderschönen Morgen. Der Himmel färbte sich rot und wir lobten und priesen Gott und Jesus und den Heiligen Geist dafür und baten um eine sichere und zügige Weiterfahrt.

Die Straße ging bergauf, bergab und da unsere Pferde sich besonders anstrengen mussten, gönnten wir ihnen öfters eine kleine Pause und eine Extrakarotte, die sie begeistert kauten.

Der letzte Teil der Straße führte in die große Ebene hinunter, durch die der Fluss Rhenus sich hindurchwälzte. Wir kamen zu der Stelle, wo eine einfache Holzbrücke, etwas breiter als ein Wagen, uns den Übergang über den Fluss ermöglichte. So gelangten wir bequem auf die andere Seite des Rhenus‘ und somit in Sicherheit. Wir stiegen von den Wagen, lachten und sangen Dankeslieder, Psalmen für Gott und Jesus.

Wir hatten es geschafft! Und auch keinen Moment zu früh, wie wir kurz darauf erfuhren. Plötzlich hörten wir hinter uns die donnernden Eisenschuhe von Pferden auf der Holzbrücke. Wir drehten uns um und erkannten zwei römische Reiter, die in Windeseile an uns vorbeigaloppierten, einer in die Richtung, in die auch wir fahren wollten, nach Mogontiacum, der andere in die entgegengesetzte Richtung, vermutlich nach Rom. Die Pferde hatten bereits Schaum vor den Mäulern und sahen verschwitzt aus. Die angespannten Gesichter der Reiter und die Eile, die die beiden an den Tag legten, ließen nichts Gutes ahnen. Die Alamannen hatten offenbar keine zwei Wochen bis zum Neumond gewartet. Der Krieg hatte begonnen!

Ich dachte daran, was Vater mir beim Baden in der Straßensituation von Portus erzählt hatte, als er in der Nacht, in der Berengar uns vor dem Angriff gewarnt hatte, spät von seinem Gang zu unseren Freunden zurückkam und noch ein Gespräch mit Baldwins Bruder vor dem Feuer führte. Dies waren Berengars Worte: „Weißt du, Fortunatus, ich will keinen Menschen töten müssen. Warum können wir alle nicht in Frieden miteinander leben?“ Vater hatte ihm die Hand auf die Schulter gelegt und ihm erklärt: „Mein lieber Junge, hier in dieser gefallenen Welt wird es keinen dauerhaften Frieden geben. Immer wieder wird eine Nation oder eine Gruppe sich einfach das Recht nehmen, andere zu unterdrücken, zu versklaven oder zu töten. Es geht immer um Macht über andere und um Geld. Erst wenn Jesus, der Sohn des lebendigen Gottes, zurückkommt und sein Tausendjähriges Reich auf der Erde aufrichtet, wird Frieden sein. Aber bis dahin ist Frieden immer nur die Zeit zwischen zwei Kriegen.“

Berengar hatte Vater mit großen Augen erstaunt angeblickt und gemeint: „Hoffentlich kommt Jesus bald.“

„Ja, hoffentlich kommt er bald zurück. Aber bis dahin, mein Freund, können wir nur eines machen, nämlich Jesus in unser Herz einladen, dass er in uns wohnt und uns von innen umbaut, immer mehr zu dem, wie er selbst ist. Jesus hat uns gesagt: ‚Frieden hinterlasse ich euch; meinen Frieden gebe ich euch. Nicht wie die Welt gibt, gebe ich euch; euer Herz erschrecke nicht und verzage nicht!' (Joh. 14,27)

Wenn du Jesus in deinem Herzen hast, dann bittest du ihn um seinen Frieden und er gibt ihn dir. Es ist so einfach, mein Junge."

„Ich möchte diesen Jesus auch haben, Fortunatus." Und so hatte mein Vater Berengar noch in dieser Nacht bei uns zu Hause getauft.

9.) Mogontiacum

Uns allen, die wir auf der anderen Seite des Rhenus' standen, wurde auf einmal bewusst, dass wir jetzt tot gewesen wären, wenn wir die Limesstraße nach Mogontiacum genommen hätten, die um einiges kürzer gewesen wäre als die Straße über Portus. Die Alamannen hätten uns einfach überrannt. Wir stellten uns zusammen, beteten für unsere Freunde diesseits und jenseits des Limes‘ und dankten unserem Herrn Jesus für unsere Rettung. Dann ging es weiter. Nachts schliefen wir in den Straßenstationen und tagsüber fuhren wir, bis wir endlich in Mogontiacum ankamen. Unsere Eltern hatten hier gelebt, bevor sie nach Gamundia gezogen und wir Kinder geboren wurden. Sie besaßen ein Haus im Vicus Victoriae (Zivilsiedlung Mainz-Weisenau), um das sich in ihrer Abwesenheit der Hausverwalter Arminius kümmerte.

In der Nähe befand sich bis ins Jahr 89 (n.Chr.) ebenfalls ein Militärlager auf einem Plateau oberhalb des Rhenus‘, das dann aber aufgegeben worden war, weil die Römer kein zweites Lager mehr gebraucht hatten.

Die 5500 Mann starke Legion, die sogenannte Zwölfte Primigenia, war im Legionslager von Mogontiacum stationiert, der Provinzhauptstadt von Obergermanien, mit Sitz des Statthalters. Die Via Sepulcrum (die Gräberstraße) verband unseren Vicus Victoriae mit der Zivilsiedlung im Süden unterhalb des Legionslagers, die sich weiter ostwärts bis zum Rhenus hinunterzog.

Wir Kinder hatten bis zu diesem Zeitpunkt nur das Leben in unserem Lagerdorf und in Baldwins Alamannensiedlung kennengelernt. Nun erlebten wir zum ersten Mal eine große, laute, von Leben pulsierende Stadt. Diese Erfahrung war fast überwältigend und wir kamen aus dem Staunen über so viel Neues kaum heraus.

Es gab das Forum, also den Marktplatz in der Nähe des Legionslagers, das Kastellbad und eine weitere Thermenanlage, das größte Bühnentheater nördlich der Alpen, für mehr als 10.000 Zuschauer, ein Amphitheater, in dem die bei den Römern so beliebten Gladiatorenkämpfe stattfanden, den großen Statthalterpalast, verschiedene Tempelanlagen, luxuriöse Stadtvillen für die reichen Bürger, ein Aquaedukt, eine Wasserleitung, die über neun Kilometer Frischwasser aus Quellen zum Legionslager und der Zivilsiedlung beförderte, verschiedene militärische und zivile Hafenanlagen am Ufer des Rhenus' und eine 420 Meter lange, auf Steinpfeilern liegende Holzbrücke über den Fluss, die von dem kleinen rechtsrheinischen Brückenkopfkastell (Castellum Mattiacorum-Mainz-Kastel) gesichert wurde. Dulcia und ich waren sprachlos über die Größe Mogontiacums und die vielen Menschen, die hier durch die Straßen wuselten wie Ameisen in ihrem Ameisenhaufen. Auch in den Häfen beobachteten wir das emsige Treiben der Fischer, Händler und Sklaven.

Soldaten liefen überall umher und damit war auch der militärische Charakter Mogontiacums nicht zu übersehen. Das Legionslager thronte über der Zivilsiedlung wie ein Adlerhorst und ließ jeden wissen, wer hier das Sagen hatte. Mitten in der Fülle an neuen Eindrücken und der Pracht und Vielzahl der Bauten in dieser großen Stadt hatten wir Heimweh und sehnten uns in unser kleines, übersichtliches, ländlich vertrautes

Gamundia und das Alamannendorf von Baldwin zurück. Aber wir ahnten auch, dass das Gamundia, wie wir es kannten, wohl zerstört war und nach seinem Wiederaufbau, sollte es denn einen geben, nie mehr so werden würde, wie wir es kannten. Es half also alles Zurücksehnen nichts, wir mussten nach vorne schauen, uns mit der neuen Situation abfinden und das Beste daraus machen.

In unserem Dorf gab es einen kleinen Hafen, den wir nutzten, um unsere Handelsgüter mit kleinen Schiffen über den Rhenus nach Colonia Claudia Ara Agrippinensium (Köln) zu bringen, aber bestimmend waren hier die Töpfereibetriebe, von denen der Großteil der vorwiegend keltischen Bevölkerung lebte. Dulcia und ich gingen gerne zu unserem Nachbarn, dem Töpfer Glaukus, der uns zeigte, wie man aus Ton Gefäße herstellte. Er erklärte, dass er Tonwürste drehte, sie übereinander legte und miteinander verstrich. Später dann, als wir diese Technik beherrschten, zeigte er uns, wie man Gefäße mit der Töpferscheibe herstellt. Wir hatten viel Spaß mit ihm.

10.) Der Angriff

Etwa drei Wochen nach unserer Ankunft in Mogontiacum klopfte es eines Abends an unsere Haustür. Arminius, unser Verwalter, öffnete und hereinkam, zu unser aller Überraschung und großen Freude, unser Freund Gaius. Wir Kinder stürmten auf ihn los und umarmten ihn.

Er drückte uns an sich und hielt uns eine ganze Weile fest. Dann schaute er uns mit so traurigen Augen an, dass es uns ins Herz schnitt.

Das Erste, was er sagte, war: „Sie sind weg, meine Drusilla und die Zwillinge sind weg. Die Alamannen müssen sie mitgenommen haben, verschleppt. Ich weiß nicht wohin“, und dabei rannen dicke Tränen aus den Augen unseres Freundes. „Bin ich froh, dass es euch gut geht!“

Dann blickte er unseren Vater an und meinte: „Danke Fortunatus, für deine Nachricht. Lucius hat sie mir gegeben. Drusilla wollte nicht fortgehen, sie sagte, sie bleibe bei mir, egal was passiert. Und ihr wisst ja, da ist dann nichts zu machen.“ Immer wieder drückte er uns Kinder an sich und lächelte. „Bin ich froh, dass ihr es bis hierher geschafft habt. Gott sei Dank dafür.“

Wir setzten uns alle an den Tisch und ließen Gaius erzählen: „Die Alamannen kamen im Morgengrauen. Der Nebel lag noch über den Wäldern und bot ihnen eine gute Deckung. Ich hatte Wachdienst in meinem Turm und sah sie lautlos herankommen, hunderte von ihnen. Schnell entzündeten Quintus und ich die Fackeln, um die Soldaten von den anderen Türmen und den Kastellen im Hinterland zu warnen. Ich denke, die Warnsignale leuchteten den ganzen Limes entlang, wie eine Feuerschlange, die sich durch den Nebel windet.

Die Alamannen müssen gleichzeitig an vielen Stellen der Grenzlinie durchgebrochen sein, wie wir vom Legionskommandanten hörten.

Unsere Soldaten kamen schnell an Ort und Stelle, aber gegen die germanische Übermacht hatten sie auf Dauer keine Chance, es waren einfach zu viele. Wir kämpften tapfer, aber was können zweihundert Mann gegen eine solche Übermacht schon anrichten, die sich mit einer so unbändigen Wut auf uns stürzte? Wir konnten sie eine Weile von Gamundia fernhalten und so einigen Bürgern die Flucht in die Wälder ermöglichen, mehr richteten wir nicht aus. Die Alamannen kamen wie eine große vernichtende Welle, die alles, was ihr in den Weg kam, einfach fortriss. Unser Lagerkommandant Lucius inspizierte an diesem Morgen unseren Turm, und so kämpfte er an unserer Seite. Er, Quintus, Priscus, noch zwei andere Soldaten, Aurelianus und Silvanus, die ihr nicht kennt, und ich, wurden in ein Waldstück abgedrängt. Da merkten wir auf einmal, dass uns eine Horde Alamannen dicht auf den

Fersen folgte. Lucius rief Quintus, Aurelianus und mir zu, wir sollten uns schnell hinter den Bäumen und Büschen verstecken, um den Germanen dann in den Rücken zu fallen. Er selbst, Priscus und Silvanus rannten weiter, von Baum zu Baum, so dass die Alamannen ihre Bögen gegen uns nicht wirksam einsetzen konnten.

Doch dann, plötzlich drehten sich die drei um und warfen ihre Wurfspeere gleichzeitig gegen die Angreifer, von denen drei sofort zu Boden fielen.

Unsere Gegner waren so überrascht! Und genau in diesem Moment warfen wir anderen drei unsere Wurfspeere ebenfalls gegen sie und streckten drei weitere Germanen nieder. Die Gunst des Moments ausnutzend, nahmen wir sechs die übrigen Alamannen in die Zange und keilten sie zwischen uns und den Bäumen so ein, dass sie ihre Langschwerter nicht richtig zum Einsatz bringen konnten. Es fehlte ihnen einfach der Raum zum Ausholen. Wir dagegen mit unseren Kurzschwertern waren schnell und wendig und hatten so einen kleinen Vorteil. Wir kämpften wie Löwen und ein Gegner nach dem anderen ging zu Boden. Aber auch wir mussten Verluste beklagen und Schläge einstecken. Aurelianus und Silvanus fielen im Kampf und keiner von uns übrigen vier blieb unverletzt. Als die Schlacht vorbei war, verbanden wir unsere Wunden so gut es ging, zogen uns zur Tarnung Alamannenkleidung an, mitsamt ihren Waffen, versteckten darunter unsere Kurzschwerter und Tuniken und schlichen uns vorsichtig zum Waldrand, um die Lage zu sondieren.

Ein schrecklicher Anblick bot sich unseren Augen: Gamundia brannte an vielen Stellen. Dunkle Rauchschwaden verfärbten den Himmel. Das Kastellbad und die große Halle davor standen lichterloh in Flammen.

Ein Bild des Grauens!

Die Einwohner, die sich nicht in die Wälder hatten retten können, wurden entweder erschlagen oder als Sklaven weggeschleppt. Wildes Geschrei und höhnisches Gelächter ertönte in den Gassen, durch die die Alamannen plündernd und zerstörend hindurch zogen und alles mitnahmen, was nicht nagelfest war.

Vorsichtig näherten wir uns dem Kastell vom Friedhof her. Immer wieder liefen Alamannen grölend an uns vorbei. Jedes Mal fuhren unsere Hände nervös zu den Griffen der Langschwerter, doch Gott sei Dank hielt unsere Tarnung.

Wir gingen ins Kastell hinein, immer vorsichtig uns umschauend, vorbei an erschlagenen Kameraden und toten Germanen, bis ins Fahnenheiligtum, wo Lucius die Feldzeichen unserer Einheit, der Cohors I Flavia Raetorum, an sich nahm, damit sie nicht in die Hände der Feinde fiele, was eine große Schande für uns Römer bedeutet hätte.

Danach trennten wir uns, Lucius und ich wollten nach Mogontiacum gehen, um dort Alarm zu schlagen und zu berichten, was passiert war.

Quintus und Priscus, die dann auch die Feldzeichen bei sich hatten, machten sich auf nach Augusta Vindelicorum (Augsburg), der Provinzhauptstadt von Rätien. Hätte Kaiser Severus Alexander nicht so viele unserer Truppen für seinen Krieg im Osten abgezogen, hätten wir die Alamannen besiegt, da bin ich ganz sicher. Aber so erwies sich dies als ein Ding der Unmöglichkeit. Unser Haus brannte nicht, aber von Drusilla und den Jungs fehlte jede Spur. Wir fanden keine Nachricht, kein Zeichen von ihnen. Ich hoffe und bete, dass sie noch leben und es ihnen einigermaßen geht. Die Alamannen behandeln ihre Sklaven recht gut, weil sie für sie wertvoll sind." Gaius wischte sich mit der Hand über die Augen, Mutter ergriff sie und hielt sie fest in ihrer Hand. Gaius lächelte dankbar. „Dann schlugen Lucius und ich uns durch", fuhr er fort, „zu Fuß, Tag für Tag durch die Wälder, in der Nähe der Straße, die ihr auch genommen hattet, weil die Limesstraße zu gefährlich war und vermutlich vor siegestrunkenen Alamannen nur so wimmelte. Immer blickten wir uns nach allen Seiten forschend um, ob nicht der Feind uns auf die Schliche gekommen war, ob er unsere Tarnung durchschaut und sich an unsere Fersen geheftet hatte. Jedes Geräusch ließ uns aufschrecken wie das Alarmsignal des Trompeters. Nachts schliefen wir abwechselnd, einer hielt immer Wache, aber wirklich geschlafen hat auch der andere nicht. Wir befanden uns komplett in Habachtstellung.

Immer wieder sahen wir dunkle Rauchschwaden über den Wäldern und wussten, dass dort eine Zivilsiedlung, ein Kastell, eine Straßenstation oder ein Gutshof Opfer der germanischen Flammen geworden war. Sie sind bis tief ins Dekumatland eingedrungen und haben eine Spur der Verwüstung hinterlassen. Ich denke, dass sie sich dann hinter den Limes zurückziehen werden, um von Zeit zu Zeit wieder plündernd und mordend einzufallen. Sie haben ja nichts zu befürchten von uns. Der Kaiser ist weit weg und mit ihm der Hauptteil der römischen Grenztruppen von hier. Es ist eine Katastrophe!

Als wir dann endlich am Rhenus unbehelligt erreichten, liefen wir einem berittenen Spähtrupp römischer Soldaten in die Arme, die uns wegen unserem wilden Aussehen, der Kleidung und der Bewaffnung zuerst natürlich für Alamannen hielten. Dass sie nicht gleich auf uns geschossen haben, war unsere Rettung. Wir hatten die Germanenschilde weggeworfen auf unserer Flucht. Der Reitertrupp umringte uns feindselig und hatte die Wurfspieße direkt auf uns gerichtet. Eine schnelle Bewegung, ein Zucken und sie hätten zugestoßen. Ihr Anführer zog sein Kurzschwert und hielt es Lucius direkt unters Kinn. „Na, wen haben wir denn da? Zwei dreckige Alamannen so weit weg von der

Grenze?“ Dann herrschte er uns an mit harter, kalter Stimme: „Was treibt ihr Gesindel hier? Antwortet oder ihr sterbt gleich hier auf der Straße!“ Lucius antwortete ihm ruhig in perfektem Latein wer wir sind, was vor Kurzem am Limes und mit Gamundia geschehen war und dass wir nach Mogontiacum wollten, um Bericht zu erstatten. Die Augen der Soldaten wurden immer größer und mitleidiger, sie ließen die Speere sinken und der Kommandant steckte sein Schwert wieder in die Scheide. Wir zeigten ihnen unsere römischen Tuniken und unsere Kurzschwerter, die wir unter der Germanenkleidung trugen. Da beugte sich der Anführer von seinem Pferd zu uns herunter, klopfte uns beiden aufmunternd auf die Schultern und meinte: „Jetzt zieht euch erst einmal wieder vernünftig an, damit man euch auch als Römer erkennt. Julius, gib den beiden zwei schnelle Pferde und Proviant, sie sehen ja halb verhungert aus!“

Und wieder zu uns gewandt: „Reitet los und erstattet Bericht. Verzeiht meine anfangs harten Worte. Wir hielten euch für Alamannen. Lebt wohl.“ Und mit diesen Worten drehte sich der Reitertrupp um und ritt davon. Lucius rieb sich sein schmerzendes Kinn, dann zogen wir uns um, aßen hungrig von dem Proviant, bestiegen die Pferde und ritten im gestreckten Galopp Richtung Mogontiacum. Jetzt ist Lucius noch im Kastell beim Militärkommandeur des obergermanischen Heeres. Mich ließ er gehen, nachdem er meinen Bericht angehört hatte, ihn aber, den Lagerkommandanten von Gamundia, hat er dort behalten. Ich soll euch von ihm ausrichten, dass er, so schnell er kann, auch zu euch kommen wird."

Unsere Eltern, Dulcia und ich saßen nach Gaius' ausführlichem Bericht geschockt auf unseren Stühlen. Unser geliebtes Gamundia ein Opfer der Flammen! Viele unserer Freunde, die nicht mit uns hatten fliehen wollen, als sie noch die Gelegenheit gehabt hatten, waren entweder tot oder irgendwohin ins freie Germanien als Sklaven verschleppt worden. Wir konnten es kaum fassen! Mutter und Dulcia weinten, Vater und ich kämpften mit den Tränen, während Gaius sich wieder gefangen hatte. Dann fassten wir uns an den Händen und dankten Jesus, dass er Gaius und Lucius sicher zu uns gebracht hatte. Wir beteten für alle unsere Freunde, ganz besonders für Drusilla und die Zwillinge.

Ein paar Tage später kam auch Lucius vorbei und Vater freute sich sehr, seinen alten Freund gesund wiederzuhaben. Lucius berichtete, dass er und Gaius nicht nach Rätien zurückkehren wollten, sondern hier in Mogontiacum in Obergermanien bei der Legion bleiben und abwarten würden, was Kaiser Severus Alexander in Bezug auf die Lage am Limes beschließen werde. Gaius bestätigte noch einmal, dass die Alamannen an verschiedenen Stellen den Limes überrannt und auf breiter Fläche Tod und Zerstörung gebracht hatten. Die Schwächung der Limesgrenze durch den

Abzug so vieler römischer Soldaten für den Feldzug im Osten hatte dieses große Unglück heraufbeschworen.

Lucius wütete so, er ließ kein gutes Haar am Kaiser und dessen Mutter Julia Mamaea. Tage später kam ein reitender Bote aus Augusta Vindelicorum (Augsburg) zum Militärkommandeur mit der Nachricht, dass Quintus und Priscus, unsere Brüder in Christus, ebenfalls in Sicherheit seien und die Feldzeichen der 1. Cohors Flavia Raetorum überbracht hatten. Wir freuten uns sehr und Lucius und Gaius bekamen aufgrund ihrer Tapferkeit eine Beförderung, Lucius stieg auf zur rechten Hand des Militärkommandeurs und Gaius war ihm direkt unterstellt. Ansonsten ging das Leben in Mogontiacum bald wieder seinen gewohnten Gang. Vater unterrichtete Dulcia und mich in den Heiligen Schriften über Jesus, Mutter lehrte Dulcia alles, was in einem Haushalt so getan werden musste: kochen, weben, spinnen und Heilkräuterkunde, die meiner Schwester besonders viel Spaß machte.

Vater nahm mich mit zu seinen Handelspartnern und lehrte mich, was es brauchte, um ein guter Händler zu sein.

Die Kinder von Marcellus und Ursa heirateten. Die ganze Familie samt den Schwiegersöhnen und -töchtern stieg in die Würste-Produktion ein, die ein richtiges kleines Unternehmen wurde. Vater und ich verschifften die Würste auf dem Rhenus bis nach Colonia Claudia Ara Agrippinensium (Köln) und so verdienten wir alle gut.

Unsere kleine Hauskirchengemeinde, die sich im Untergeschoss unseres Hauses in einem großen Raum traf, wuchs langsam, aber stetig an. Da Kaiser Severus Alexander uns Christen wohlgesonnen gegenüberstand, hatten wir auch keine Verfolgung zu befürchten.

11.) Der Kaiser

Etwa eineinhalb Jahre lang verlief unser Leben hier ruhig und ohne größere Ereignisse, bis dann im März 235 (n.Chr.) Kaiser Marcus Aurelius Severus Alexander mit seiner Mutter Julia Mamaea zu uns nach Mogontiacum kam, um einen Feldzug gegen die Alamannen vorzubereiten. Hier versammelte er seine Truppen, unter denen sich auch viele Soldaten befanden, die er einst vom Limes abgezogen hatte, um gegen die Perser zu kämpfen. Diese Soldaten wiederum hungerten nach Rache und Vergeltung für ihre erschlagenen oder verschleppten Familien und Freunde. Sie konnten den Beginn des Feldzuges kaum abwarten, wie Gaius uns berichtete. Ganz Mogontiacum „stand Kopf“. Menschenmassen säumten neugierig die Straßen, um einen Blick auf den Kaiser, seine Mutter und ihr Gefolge erhaschen zu können, denn so etwas Besonderes hatte es hier schon lange nicht mehr gegeben. Vor dem Volk reihten sich in vorderster Reihe römische Soldaten auf, um die Gasse für die Parade freizuhalten und den Schutz des Kaisers zu gewährleisten. Zunehmender Jubel der Menschen kündigte das Nahen des Kaisers an. Als erstes sahen wir einen Teil der kaiserlichen Eskorte, die in ihren glänzenden Paraderüstungen vorausritten. Die zwanzig Reiter verbargen ihre Gesichter unter Gesichtshelmen, so dass sie alle gleich aussahen. Sie wirkten stark, machtvoll und befremdlich. Auf einem hohen schwarzen Pferd von edlem Wuchs saß der Kaiser in seiner goldenen Rüstung, die durch die Sonnenstrahlen noch zusätzlich Glanz erhielt und ihn besonders aus der Menge hervorhob. Die Menge schrie und johlte: „Lang lebe Severus Alexander! Lang lebe unser Kaiser!“ Die Kaisermutter wurde in einer prunkvollen Sänfte von vier starken stämmigen Sklaven getragen. Sie blieb vor unseren Blicken verborgen, hinter roten, mit Goldfäden gewirkten Stoffen konnte man sie nur erahnen.

Der gesamte Zug bewegte sich langsam und würdevoll ins Legionskastell hinein. Ganz Mogontiacum und seine Umgebung glichen einem riesigen Heerlager. Die Tavernen quollen über von Soldaten und Zivilisten, die miteinander feierten und auf den zukünftigen Sieg über die Alamannen tranken. Auch unsere Familie hatte den Kaiser vorbeireiten gesehen. Ich fand, dass er noch ziemlich jung aussah mit seinen 26 Jahren, und obwohl er Schnurrbart und Backenbart trug.

Zwei Tage später kamen Lucius und Gaius zum Abendessen zu uns.

Sie sahen besorgt aus, irgendetwas stimmte nicht. Als Vater fragte, was denn los sei, schauten sie sich erst einen Moment lang an, bevor Lucius tief durchatmete und dann antwortete: „Was ihr jetzt von uns hört, das behaltet für euch, sonst können wir in große Schwierigkeiten kommen." Wir nickten alle. Er fuhr fort: „Es brodelt im Heer. Die Soldaten sind wütend, um nicht zu sagen stinksauer. Der Kaiser und natürlich besonders seine Mutti (das Wort „Mutti" hatte er sehr verächtlich ausgesprochen) beabsichtigen, mit den Alamannen zu verhandeln. Sie wollen sich einen Frieden mit ihnen erkaufen und darüber hinaus auch noch um Unterstützung durch germanische Truppenverbände bitten, welche die Reichsgrenze sichern könnten. Ist das nicht unglaublich? Und das nach allem, was passiert ist! Könnt ihr euch das vorstellen? Die Alamannen schlagen bei uns alles kurz und klein, rauben, morden, plündern und verschleppen römische Bürger in ihre Wildnis – und der Kaiser will mit ihnen verhandeln?" Lucius' Stimme überschlug sich fast vor Wut und er ballte die Fäuste. Dann, nach einer kurzen Pause, fuhr er etwas ruhiger fort: „Ganze Truppenverbände verweigern dem Kaiser die Gefolgschaft. In ihren Augen ist er ein Schwächling und nicht der vertrauenswürdige Oberbefehlshaber, den sie sich wünschen. Er lässt sich immer noch von Mutti (auch dieses Mal sprach er das Wort „Mutti“ zutiefst verächtlich aus) sagen, was er zu tun und zu lassen hat. Dazu kommt noch, dass sie so geizig ist und den Soldaten nicht, wie es üblich ist, Geldsonderzuteilungen zukommen ließ. Es ist auch nicht zu erwarten, dass sie dies in Zukunft tun wird. Gleichzeitig aber will sie jetzt die Alamannen großzügig bezahlen! Sie will sie nicht für ihre Plünderungen und Gräueltaten zur Rechenschaft ziehen. Das geht zu weit! Das geht einfach zu weit!“

Lucius hatte sich mittlerweile erhoben und ging wütend gestikulierend im Raum auf und ab. Sein Gesicht war gerötet durch die große Empörung über die Ungeheuerlichkeit der Vorgänge. „Stellt euch vor: Unser geliebtes Gamundia ist ein Opfer der Flammen! Viele unserer Freunde sind tot, Drusilla und ihre Kinder verschleppt, unsere Heimat zerstört! Und dieser Nichtsnutz von einem Kaiser will die Feinde auch noch mit Geld entlohnen!?“ Völlig entnervt ließ er sich auf den nächsten Stuhl fallen, beide Hände im Schoß. Keiner von uns sagte ein Wort.

Schließlich fuhr er in etwas ruhigerem Ton fort: „Die Soldaten sind nun verständlicherweise in hellem Aufruhr. Das letzte, was wir hörten, war, dass sie den

Offizier Gaius Julius Verus Maximinus, der für die Rekrutenausbildung zuständig ist, zum Gegenkaiser erhoben haben. Er soll ihnen die Verdopplung des Soldes, Amnestie bei allen Disziplinarstrafen und großzügige Geldsonderzahlungen zugesagt haben. Außerdem will er gegen die Alamannen zu Felde ziehen. Maximinus Thrax, wie wir ihn nennen, ist ein etwa 60 Jahre alter Haudegen, der weiß, wie es laufen muss. Er ist nicht so ein schlappes Bürschchen wie Severus Alexander. Immer mehr Soldaten laufen zu dem neuen Kaiser über. Das verheißt nichts Gutes für Severus und seine Mutter." Er wandte sich direkt an Vater: „Fortunatus, verlasst jetzt möglichst nicht euer Haus. Die Soldaten sind außer Rand und Band. – Hört ihr das Gegröle in den Straßen? Wartet, bis sich die Lage beruhigt hat, es kann nicht mehr lange dauern. Wir halten euch auf dem Laufenden. Ich lasse Gaius hier zu eurem Schutz." Vater nickte zustimmend. „Hab Dank, liebe Gratia", wandte er sich an Mutter und lächelte ihr zu, „für das Essen, in dessen Genuss ich jetzt vor lauter Erzählen leider nicht gekommen bin. Nun muss ich fort und nach dem Rechten sehen. Der Militärkommandeur erwartet mich. Auf bald!" Mit diesen Worten stand Lucius auf, öffnete die Haustür und verschwand in die Nacht. Wir hörten das Geklapper der eisernen Pferdeschuhe, dass bald leiser wurde. Wir fünf schauten uns an. Schließlich fragte ich Gaius, ob er genauso denke und fühle wie Lucius und die anderen Soldaten. Gaius sah mich ernst an und antwortete:

„Weißt du, Faustus, mein Junge, ich teile ihren Hass auf die Alamannen nicht, auch wenn ich Schlimmes gesehen habe und sie meine Drusilla und meine beiden Buben verschleppten. Wir Römer haben über Jahrhunderte ein Volk nach dem anderen rund um das Mittelmeer bekämpft und viele Menschen getötet, ihr Land verwüstet, ihre Bewohner in die Sklaverei verschleppt, Tribute gefordert und sie unter unsere Herrschaft gezwungen. Niemand hat uns das Recht gegeben, das zu tun, wir haben es uns einfach mit Waffengewalt genommen. Dieses Land hier gehörte einst den Germanen und Kelten, bevor wir Römer es dem Römischen Reich einverleibt haben. Jetzt, wo Roms Stärke bröckelt und die Völker unsere Schwäche sehen, stehen sie auf gegen uns, nutzen die Krisen im Inneren unseres Reiches aus, um sich das, was vorher einmal ihr Eigentum war, zurückzuholen." Gaius machte eine kurze Pause und legte seine Hand auf meinen Arm. Dann redete er weiter: „Würden wir nicht genauso handeln wie sie, wenn wir in ihrer Situation wären? Faustus, es geht immer nur um Geld und um Macht über andere in dieser Welt, eine Aktion hat eine Reaktion zur Folge, Gewalt erzeugt Gegengewalt, Hass gebiert wieder Hass und Hass zerfrisst die Menschen." Er hielt kurz inne, blickte nachdenklich in die Ferne, bevor er weitersprach: „Nur mit Jesus im Herzen lässt sich dieser Teufelskreis durchbrechen. Er hat uns gelehrt, dass wir nicht hassen sollen, sondern vergeben und lieben. Seine Botschaft ist etwas so radikal anderes als das, was uns diese Welt lehrt. Ich sage dir, mein Junge, hätten alle Menschen Jesus in ihren Herzen, dann wäre diese Welt ein wunderbarer Ort." Gaius lächelte. Nach einer Weile fuhr er fort: „Und Severus Alexander? Nein, ich hasse ihn nicht und ich verachte ihn auch nicht. Ich bin ihm dankbar, dass er uns Christen in Ruhe lässt. Hätte er nicht einen so schwachen Charakter, dann hätte er das Joch seiner Mutter abgeschüttelt. Er ist aber, wie er ist, und auch er muss die Folgen seiner Handlungen oder auch seiner Unterlassungen selbst tragen und verantworten wie wir alle. Er kann eben nicht aus seiner Haut. Hätte er den Soldaten großzügige Geldgeschenke gemacht – ja, und hier sind wir wieder beim Thema Geld –, dann wäre er nicht in dieser gefährlichen Lage. Aber was nützt alles ‚hätte', die Situation ist ganz einfach so, wie sie ist." Gaius zuckte mit den Achseln und fuhr fort: „Wie es wohl unseren alamannischen Freunden geht, Armin, Adelberga und Baldwin? Ich bin ganz sicher, nach dem, was ihr mir über ihren Clanchef Arnulf erzählt habt, dass sie nicht an den Überfällen beteiligt waren. Wie gerne würde ich sie wiedersehen", seufzte er und lächelte, „sie sind mir so ans Herz gewachsen. Wie die drei immer so innbrünstig für unseren Herrn Jesus gesungen haben, werde ich nie vergessen. Ich vermisse sie."

Wir nickten alle zustimmend, nachdem Gaius das gesagt hatte. Ja, wir vermissten sie auch sehr. Ich ergriff Dulcias Hand und drückte sie sanft.

Sie lächelte. Abschließend dankten wir unserem Jesus für unsere Freunde diesseits und jenseits des Limes' und baten ihn um Schutz für uns alle.

Schnell jedoch überstürzten sich die Ereignisse.

Noch vor Sonnenaufgang – wir waren gerade aufgestanden und hatten uns angezogen – klopfte es heftig an unsere Haustür. Unser Verwalter Arminius öffnete und Lucius stürmte aufgeregt herein: „Jetzt ist es geschehen! Severus Alexander und seine Mutter sind heute Nacht von Soldaten ermordet worden! Im Vicus Britanniae, in ihrem Zelt im Feldlager, auf Befehl von Maximinus Thrax! Dieser hat auch einige ihrer Anhänger exekutieren lassen! Wie ein Lauffeuer verbreitet sich die Kunde dieser Morde im ganzen Lager."

Spätestens jetzt waren wir alle hellwach!

„Die Soldaten johlen: ‚Der Kaiser ist tot, lang lebe der Kaiser Maximinus Thrax!' Boten sind bereits nach Rom unterwegs, um den Senat über die neue Lage in Kenntnis zu setzen und Maximinus Thrax als Kaiser bestätigen zu lassen. Um die Situation hier zu beruhigen, wird dieser nun in etwa einer Stunde sämtliche Truppen antreten lassen. Er will die Geldgeschenke austeilen und die Soldaten wissen lassen, dass er mit ihnen unverzüglich gegen die Alamannen zu Felde ziehen werde. Endlich! Er beabsichtigt, bis tief ins freie Germanien einzudringen, bis zum Fluss Albis (Elbe), wo er elbgermanische Siedlungen verwüsten und in Brand stecken will, zur Abschreckung und als Vergeltung für den Limessturm. Natürlich wird er seinen Soldaten auch reichliche Beute vor Augen malen, um ihre Motivation zu steigern. Die Truppen werden begeistert sein." Ganz offensichtlich teilte Lucius ihre Begeisterung.

„Darüber hinaus hat Maximinus bereits angeordnet, dass die zerstörten Kastelle, Türme und Siedlungen im Limesgebiet rasch wieder aufgebaut werden, auch unser geliebtes Gamundia!"

Ich fühlte mich hin- und hergerissen zwischen meiner Sehnsucht nach meiner Heimat, wie ich sie kannte, und der Vorstellung, wie ein neues wiederaufgebautes Gamundia sein würde nach diesem Krieg.

Lucius beendete seinen Bericht mit folgenden Worten: „Nun kehrt hier wieder Ruhe ein auf den Straßen und ihr könnt euch sicherer bewegen."

Schon wieder zur Türe gewandt, drehte er sich noch einmal um und rief: „Komm Gaius, lass uns aufbrechen, der Militärkommandeur erwartet uns." Und so verließen die beiden unser Haus und ritten ins Legionslager.

Nachdem der Kaiser ein paar Tage später mit seinen Truppen in Richtung des freien Germanien abgezogen war, entspannte sich die Lage in Mogontiacum immer mehr und das Leben nahm wieder seinen normalen Gang. Eines allerdings hatte sich verändert im Vergleich zu der Zeit unter Severus Alexander: Maximinus Thrax war im Gegensatz zu Severus Alexander kein Christenfreund. Zwar gab es keine flächendeckenden Verfolgungen, aber wir mussten von nun an stets auf der Hut sein. Dennoch wuchs unsere kleine Gemeinde weiter, aber aus Sicherheitsgründen teilten wir sie in zwei Gruppen. Die eine traf sich bei uns und die andere Gruppe bei Aidan und seiner Familie, die zwei Straßen von uns entfernt wohnten.

Flavia

Etwa zwei Jahre nach der Ermordung von Severus Alexander (237 n.Chr) kam mein Vater eines Nachmittags aus Mogontiacum zurück, wo er Geschäfte abgewickelt hatte, und erzählte uns von seinem besonderen Erlebnis. „Ich ging gerade an den Isis- und Magna Mater Kultgebäuden vorbei", begann er, „und hing meinen Gedanken nach, dass ich eine junge Frau, die um die Ecke bog, nicht sah und direkt in sie hineinlief. Wir beide blickten einander verdattert an und entschuldigten uns gegenseitig bei einander, denn auch sie war in Gedanken gewesen. Da fiel mir auf, dass sie gerötete und geschwollene Augen hatte, außerdem sah sie sehr blass und unglücklich aus. Ich nahm ihre Hand und fragte sie, warum sie geweint habe und so bleich sei. Da hat sie mir tatsächlich ihr Herz ausgeschüttet. Sie hieß Flavia. Vor kurzem hatte sie herausgefunden, dass ihr Mann eine Affäre mit einer anderen Frau gehabt hatte. Flavia war so außer sich vor Wut, Hass und Enttäuschung gewesen, dass sie sich an den Isispriester gewandt hatte, ein Tier geopfert und außerdem ihrer Nebenbuhlerin alles Böse an den Hals gewünscht hatte.

Weil nämlich diese Praktiken bei den Römern verboten sind, hatte sie dem Isispriester eine hohe Geldsumme bezahlen müssen.

Seiher ging es ihr immer schlechter. Sie musste ständig weinen, konnte nicht mehr richtig essen und schlafen und fühlte sich kalt, hart und wie tot. Sie weinte, während sie mir das alles anvertraute. Wisst ihr, da nahm ich diese junge Frau einfach in meine Arme und sie schluchzte an meiner Brust. Nach einem Moment schob ich sie sanft von mir weg und schaute sie an. ‚Flavia', fragte ich sie, ‚möchtest du lebendig sein und Frieden in deinem Herzen haben?' Sie hatte genickt. ‚Dann habe ich die Lösung für dein Problem. Du fühlst dich schuldig, weil du getan hast, was böse war', sie nickte wieder. ‚Jesus Christus, der Sohn des lebendigen Gottes, liebt dich so sehr, und er wird dir helfen! Er allein kennt dich! Außerdem hilft er dir dabei, deinem Mann und seiner ehemaligen Freundin zu verzeihen.‘

Flavia blickte mich erstaunt an, sie hatte aufgehört zu weinen und sagte seufzend: ‚Ja, ich möchte diesen Jesus kennenlernen, ich will noch viel mehr über ihn wissen. Gehörst du zu den Christen, die der neue Kaiser ablehnt?‘

‚Ja, ich bin Christ. Ich glaube an Jesus Christus, den Sohn des lebendigen Gottes, Flavia. Komm doch zu uns in die Uferstraße im Vicus Victoriae (Weisenau), es ist das Haus mit dem Fischknauf an der Tür, dann werden wir dir noch viel mehr über Jesus erzählen.‘

Zum ersten Mal zeigte sich ein Lächeln auf ihrem Gesicht und sie erklärte: ‚Ja, ich komme!‘ Wir verabschiedeten uns und ich ging zu meinem Geschäftspartner auf den Marktplatz, der bereits auf mich wartete.“

Flavia tauchte noch am gleichen Abend bei uns auf. Wir luden sie zum Essen ein, und sie freute sich, dass wir ihr von Jesus erzählten und wir lasen ihr auch aus dem Johannesevangelium vor. Von den Worten: (Joh. 3,16) „Denn so sehr hat Gott die Welt geliebt, dass er seinen eingeborenen Sohn (also Jesus) gab, damit jeder, der an ihn glaubt, nicht verlorengeht, sondern ewiges Leben hat“, war sie sehr bewegt. Und auch davon, was Jesus selbst sagte: „Ich bin das Licht der Welt. Wer mir nachfolgt, wird nicht in der Finsternis wandeln, sondern er wird das Licht des Lebens haben." (Joh. 8,12) Wir sprachen lange in Ruhe mit ihr, und ich glaube, das hat ihr gut getan. Sie erkannte auf einmal, dass sie selbst in einer Art Finsternis festgesteckt war, geleitet von Wut und Hass.

Da traf sie eine Entscheidung. Ich freute mich so sehr über den Moment, als sie Jesus Christus in ihr Herz einlud!

Ja, Jesus hatte Flavia aus der Finsternis in sein Licht geholt!

Drei Tage später kam Gaius mitten in der Nacht zu uns und warf uns durch sein lautes Hämmern an der Tür aus dem Bett. Er packte Vater energisch an den Schultern mit den Worten: „Fortunatus, ihr müsst fliehen! Du bist beim Militärkommandeur von dem Obersten der Isispriester, einem wirklich unangenehmen Zeitgenossen, als Christ angezeigt worden. Ich war anwesend, als er Anklage gegen dich erhob. Er hat ein Gespräch belauscht zwischen dir und einer seiner Kundinnen und war außer sich, dass du sie ihm weggenommen hast. Seit eurem Gespräch ist sie nämlich nicht wieder zu ihm in den Kultbezirk gekommen. Er hätte durch dich viel Geld verloren, hat er gebrüllt.

Fortunatus, er kochte vor Wut und hat deinen Kopf gefordert. Am Morgen soll ich dich und deine Familie zum Militärkommandeur zum Verhör bringen. Ihr müsst fliehen! So schnell ihr könnt! Sonst ist es zu spät!“ Wir schauten uns entsetzt an. Aber Vater entgegnete ganz ruhig: „Meine Lieben, ich laufe nicht davon, ich werde für meinen Jesus einstehen. Außerdem brächte meine Flucht ganz gewiss unsere Gemeindemitglieder in große Gefahr, weil die Verfolger dann nach ihnen suchen würden, um sie an meiner statt zu bestrafen. Das geht auf keinen Fall. Aber ihr, Gratia, Faustus und Dulcia, ihr werdet zu Baldwin und seiner Familie fliehen ...“ Mutter unterbrach ihn empört: „Fortunatus! Du glaubst doch nicht etwa im Ernst, mein Lieber, dass ich dich alleine lasse? Nein! Das kommt überhaupt nicht in Frage! Wo du hingehst, da gehe ich auch hin. Wir haben fast unser ganzes Leben Seite an Seite verbracht, sind durch dick und dünn miteinander gegangen und so wird es auch bleiben, bis zu meinem letzten Atemzug. Ich liebe dich, Fortunatus!“ Sie seufzte und lenkte ein. „Aber in einem hast du recht, die Kinder müssen fliehen!“ Sie machte eine Pause, bevor sie lächelnd fortfuhr: „Sind Gottes Wege nicht wunderbar? Er ließ uns Baldwin aus der Grube retten, der dein bester Freund wurde, mein Sohn, und dein zukünftiger Ehemann werden wird, Dulcia, meine Süße. Das macht mich so glücklich. So kam Jesus zu den Alamannen von Arnulfs Clan. Eure Zukunft liegt dort.“

Vater hatte Mutter liebevoll in die Arme genommen und sagte: „Was hat Gott mir mit dir für ein so wunderbares Geschenk gemacht, mein Schatz! Nun, dann gehen wir also auch unseren letzten Weg gemeinsam. Ich liebe dich, meine Gratia, für immer, und ich bete, dass unsere Kinder in ihren Ehen ebenfalls so glücklich sein werden wie wir beide es sind, mit Jesus in der Mitte ihrer Beziehung.“ Mutter lächelte. Dann wandte er sich an Gaius: „Geh und warne unsere Gemeindemitglieder, damit sie nicht mehr zu unserem Haus kommen. Schicke unsere Gruppe in Zukunft zu Bran, er hat auch ein großes Haus und Platz für unsere Versammlungen. Gaius, du weißt, dass ich nicht fliehen kann, nicht wahr?“ Gaius nickte traurig und meinte dann: „Aber die Kinder müssen ganz schnell von hier verschwinden. Ich reite zu Aidan und hole ihn her. Er hat einen Freund, der eine kleine Fähre über den Rhenus betreibt. Er muss sie dorthin bringen, damit sie so schnell wie möglich von hier fort sind.“ Dann drehte er sich um und war wie der Wind aus der Tür entschwunden. Mutter nahm meine weinende Schwester in die Arme und sprach: „Du musst jetzt stark sein, mein Kind. Faustus, gib mir die Schere, wir müssen deiner Schwester die Haare so kurz schneiden wie dir, damit sie wie dein jüngerer Bruder aussieht. Als Mädchen zu reisen, ist zu gefährlich. Und bringe auch eure alamannischen Hosen und Oberteile mit, die ihr anziehen werdet, sobald ihr den Limes überschritten habt. Außerdem hole noch für Dulcia eine deiner Tuniken und zwei Kapuzenmäntel.“ So fielen in dieser Nacht die langen Haare meiner Schwester. Vater holte einen Beutel mit Geldstücken und gab ihn mir mit den

Worten: „Ihr werdet sie brauchen, mein Sohn. Kauft Pferde auf der anderen Rhenusseite, Aidan wird euch dabei helfen. Und Faustus, hier, nimm das und bewahre es gut auf." Er legte mir den schwarzen Stein mit der eingravierten Bärentatze in die Hand. „Sobald ihr auf Alamannen trefft, zeigt ihnen diesen Stein. Arnulf hat mir versichert, dass sie dann verpflichtet seien, euch zu unterstützen, so gut sie können." Ich steckte den Stein ein. „Faustus, noch etwas! Unter dem Birnenbaum in Gamundia, du weißt schon, habe ich vor unserer Abreise einen Topf voll Geld vergraben. Ich habe einen Stein darauf gelegt, und nun weißt du Bescheid." Schließlich streifte er seinen goldenen Siegelring vom Mittelfinger seiner rechten Hand, ergriff meine Rechte, legte ihn hinein und schloss meine Hand darüber. Dann blickte er mich an und flüsterte sichtlich bewegt: „Du bist mein Erbe, Faustus." Er umarmte uns beide: „Ich bin so stolz auf dich, mein Sohn, und auf dich, mein Mädchen. Ich danke Jesus für euch beide jeden Tag. Ihr habt mir und Mutter immer so viel Freude gemacht. Ich liebe euch, vergesst das nie." Dann küsse er uns und legte seine Hände segnend auf unsere Köpfe mit den Worten: (nach 4. Mose 6,24-26)

„Der HERR segne euch und behüte euch!
Der HERR lasse sein Angesicht leuchten über euch und sei euch gnädig!

Der HERR erhebe sein Angesicht auf euch und gebe euch Frieden!"

Für einen Moment war es vollkommen still im Raum.

Mutter hatte unterdessen Reiseproviant für uns eingepackt, für Dulcia richtete sie ihre Heilkräuter sorgfältig in Beutel und für mich steckte sie sämtliche Heiligen Schriften über unseren Herrn Jesus in eine Tasche.

Da klopfte es an der Tür, Arminius öffnete und Gaius kam mit Aidan herein. Gaius hatte Aidan alles berichtet, wir konnten es in dessen entsetztem Blick sehen. Er umarmte Mutter und uns und sprach, um Fassung ringend: „Kommt Kinder, wir müssen los, damit ihr vor dem Morgengrauen bereits über dem Fluss seid. Es tut mir so leid, wie alles gekommen ist", und mit diesen Worten wischte er sich über die Augen. Unsere Eltern umarmten und küssten uns, wir weinten miteinander. Dann beteten wir noch einmal alle zusammen unseren geliebten Psalm 23:

„Der HERR ist mein Hirte;
mir wird nichts mangeln.
Er weidet mich auf grünen Auen
und führt mich zu stillen Wassern.
Er erquickt meine Seele;
er führt mich auf rechter Straße
um seines Namens willen.
Und wenn ich auch wanderte durchs Tal der Todesschatten,

so fürchte ich kein Unglück,
denn du bist bei mir;
dein Stecken und dein Stab, die trösten mich.
Du bereitest vor mir einen Tisch
angesichts meiner Feinde;
du hast mein Haupt mit Öl gesalbt,
mein Becher fließt über.
Nur Güte und Gnade werden mir folgen mein Leben lang,
und ich werde bleiben im Haus des HERRN immerdar."

Mutter legte ihre Hand liebevoll auf Dulcias und meine Wange und sagte zum Abschied: „Werdet glücklich, meine beiden Schätze, bringt die Gnadenbotschaft unseres Herrn Jesus Christus in diese finstere Welt, vertraut immer auf seine Führung und lasst seine Hand niemals los. Weint nicht um Vater und mich, vergesst nicht, wir werden uns im Himmel wiedersehen und dann sind wir für immer zusammen." Sie segnete uns auch und schob uns dann sanft Richtung Tür. Wir umarmten auch Gaius und Arminius und folgten Aidan, der uns zum Ufer des Rhenus' führte.

Dulcia und ich standen unter Schock, es fühlte sich alles so unwirklich an, wie ein böser Traum, aus dem wir hofften, schnell aufzuwachen. Fast mechanisch setzten wir einen Fuß vor den anderen. Ich hatte meine Schwester an der Hand, die leise vor sich hin weinte. Auf dem Weg sprachen wir kein Wort, um so wenig wie möglich aufzufallen. Die Nacht war stockfinster, aber Aidan kannte die Strecke in- und auswendig. Nach etwa einer halben Stunde flotten Fußmarsches kamen wir an der Hütte von Aidans Freund, dem Floßschiffer, an. Aidan weckte ihn und erzählte ihm, was sich zugetragen hatte, und warum wir so schnell wie möglich auf die andere Uferseite mussten. Schnell befanden wir vier uns auf seinem Gefährt, das er und Aidan mit langen Stangen vorwärtsbewegten. Die kleinen Wellen, die das Floß verursachte, entfernten sich fast lautlos von uns. Leise näherten wir uns der kleinen bewaldeten Insel, die mitten im Fluss entstanden war. Da hörten wir plötzlich das platschende Geräusch von vielen Rudern, die gleichzeitig ins Wasser getaucht wurden, auch sahen auf einmal den Lichtschein von Fackeln gespenstisch durch die Bäume blitzen.

Angst fuhr uns in die Knochen – ein römisches Patrouillenschiff! Es befand sich etwa auf mittlerer Höhe der Insel auf der uns gegenüberliegenden Seite und war nur etwa fünfzig Schritte von uns entfernt. Der Flößer zischte leise: „Schnell Aidan! Nach links! In den Schutz der Insel, damit die Römer uns nicht sehen!", und zu uns gewandt fügte er noch hinzu: „Ihr beide legt euch flach auf den Boden und rührt euch nicht! Wenn sie uns hier erwischen, ist es aus!"

„Jesus, hilf uns!", flüsterte ich tonlos. Wir folgten seinen Anweisungen und wagten vor Angst kaum zu atmen. Ich fühlte mein Herz in meiner Brust so laut hämmern, dass ich meinte, die anderen müssten es auch hören. Kaum hatten die beiden Männer uns an eine geschützte Stelle der Insel gefahren, an der viele Äste ins Wasser hineinragten, legten auch sie sich auf die Planken. Mit ihren Händen hielten sie sich an zwei dünneren Baumstämmen fest, um so das Floß davor zu schützen, durch die Strömung abgetrieben zu werden. Gebannt starrten wir alle in Richtung auf den Fluss. Gleich musste das Patrouillenschiff auftauchen. Und tatsächlich, nur ein paar Herzschläge später sahen wir es. Es war eine römische Flussliburne der Classis Germania, die eine Teilstreitkraft der römischen Kriegsflotte hier in Germanien bildete. Gaius hatte mich einmal zum Kriegshafen in Mogontiacum mitgenommen, wo neben einigen Frachtbooten auch so eine Flussliburne vor Anker lag, die für tägliche Patrouillenfahrten eingesetzt wurde. Ich war damals fasziniert gewesen von dem, was Gaius mir alles über dieses Schiff erzählt hatte. Besonders der Rammsporn vorne am Bug, der sich nur knapp über der Wasseroberfläche befindet und zum Rammen feindlicher Boote benutzt wird, hatte es mir angetan. Die Liburne war ein großes und wendiges Schiff, etwa einundzwanzig Meter lang und über drei Meter breit mit nur siebzig Zentimetern Tiefgang, also ideal für den Einsatz in den Flüssen. Sie besaß vierundvierzig Ruderer, die in zwei Reihen übereinander saßen und dem Schiff seine Schnelligkeit gaben. Vier Matrosen kümmerten sich unter anderem um das Segel, das bei Bedarf ebenfalls zum Einsatz kam. Außerdem verfügte das Kriegsschiff noch über sechzehn Soldaten in voller Kampfausrüstung. Gaius meinte damals, es sei wie ein kleines schwimmendes Kastell, das eingesetzt werden konnte, wo es gerade gebraucht wurde.

Alle diese Gedanken schossen mir blitzartig durch den Kopf, als sich das Kriegsschiff nur ein paar Meter von uns entfernt langsam an uns vorbeibewegte. Durch das Licht der Fackeln konnten wir schemenhaft die Schiffskonturen mit dem Rammsporn erkennen, ferner die Köpfe einiger Ruderer und ein paar Soldaten, die an Deck standen. Der Wind wehte unzusammenhängende Wortfetzen zu uns herüber: „Alles ruhig", „verflixte Dunkelheit", „Taverne zum Esel", dann lautes Gelächter.

Wir vier atmeten erleichtert auf und entspannten uns ein wenig. Sie hatten uns nicht bemerkt. Jesus sei Dank! Erst als das Licht der Fackeln nicht mehr zu sehen war, setzten wir unsere Fahrt fort. Nach einer Weile kamen wir unbehelligt am anderen Ufer an. Wir hatten es geschafft!

Der alte Flößer vertäute sein Gefährt und ging mit uns zu seinem Schwager, der ganz in der Nähe wohnte, um für uns zwei Pferde zu kaufen. Ich hatte ihm das Geld dafür gegeben. Der Handel ging zügig vonstatten. Der Schwager brachte uns noch bis zur Straße und erklärte uns ihren Verlauf, da wir uns hier ja nicht auskannten. Dann dankten wir den dreien, verabschiedeten unseren Freund Aidan und ritten auf der römischen Straße in die Nacht.

Ein paar Stunden später, als der Morgen anbrach, machten wir unsere erste Rast in einem kleinen Waldstück rechts der Straße, um die Pferde etwas ausruhen zu lassen. Ich lehnte mich an einen Baum, meine Schwester lag in meinem Arm und ich sagte zu ihr: „Schlaf ein wenig, wir haben noch eine weite Strecke vor uns und müssen ausgeruht sein, mein kleiner Bruder", und dabei lächelte ich sie an, so gut es eben ging und strich ihr sanft durch das kurze Haar. Sie versuchte zurückzulächeln, schloss dann die Augen und schlief erschöpft ein.

13.) In der Welt habt ihr Bedrängnis; aber seid getrost, ich habe die Welt überwunden! (Joh. 16, 33)

Nachdem Aidan mit Faustus und Dulcia das Haus verlassen hatten, verabschiedete sich Gaius von Fortunatus und Gratia mit den Worten: „Ich werde für euch tun, was ich kann, meine Freunde, Gott segne euch und schütze euch und uns alle in dieser schweren Zeit. Lebt wohl."

Dann umarmten sie einander und er ritt zurück ins Legionslager.

Fortunatus, Gratia und Arminius warteten auf Aidans Rückkehr. Nach ein paar Stunden klopfte es an die Tür und Aidan kam herein. Er berichtete von der geglückten Flucht, der abenteuerlichen Fahrt über den Fluss mit dem Fast-Zusammenstoß mit dem römischen Kriegsschiff und über den Pferdekauf. Fortunatus und Gratia waren so glücklich darüber und dankten Aidan für all seine Hilfe. Dann legte Fortunatus Arminius noch ans Herz: „Arminius, wenn die Soldaten uns nachher holen kommen, musst du unser Haus verlassen haben. Geh mit Aidan, dass sie dich nicht auch noch gefangen nehmen, hörst du?“

„Ja, Fortunatus, und von Aidan werde ich in ein paar Tagen fortgehen und zu meinen Leuten nach Gallien zurückkehren. Ich will ihnen von Jesus erzählen.“ Die beiden Männer fassten einander an den Unterarmen, als Zeichen ihrer Verbundenheit, und Fortunatus überreichte Arminius danach einen Beutel mit Geld und eine Abschrift des Johannesevangeliums. „Gott segne dich und behüte dich, mein Freund. Danke für alles, was du für meine Familie all die Jahre getan hast.“ Dann legte er Aidan die Hand auf die Schulter und sprach zu ihm: „Du und Bran seid jetzt für unsere Gemeinde verantwortlich. Grüßt alle von uns und kümmert euch besonders um Flavia. Erzählt ihr, wie glücklich wir sind, dass sie Jesus in ihrem Herzen hat, und sorgt euch nicht um uns. Ihr wisst ja, dass wir in Gottes Hand sind und wir werden uns alle im Himmel wiedersehen. Seid die Lichter in dieser finsteren Welt, liebt einander, helft einander, tröstet einander, betet füreinander und für unsere Peiniger! Besucht uns aber nicht im Gefängnis, damit sie nicht auch noch euch gefangen nehmen. Gaius wird euch auf dem Laufenden halten. Aidan, warne Flavia, dass sie nicht zu unserem Haus kommt. Es könnte beobachtet werden. Auch könnten noch mehr Christen in Gefahr kommen. Flavia wohnt am Marktplatz im Eckhaus, ihr Mann hat den Bäckerladen. Ich danke dir, mein Freund, für alles, grüße deine Una und die Kinder von uns und die ganze Gemeinde."

Gratia umarmte die beiden Männer, die dann das Haus verließen, denn der Morgen graute und die Soldaten konnten jeden Moment erscheinen. Nachdem sie gegangen waren, hielten sich Fortunatus und Gratia in den Armen, dann sagte sie zu ihm: „Komm, lass uns die keltischen Hosen unter unsere Kleidung anziehen und die warmen Kapuzenmäntel umhängen, im Gefängnis ist es bestimmt kalt und feucht." Während sie damit beschäftigt waren, die warme Kleidung anzuziehen, fragte Gratia ihren Mann: „Was meinst du, wo die Kinder jetzt sind? Wie lange werden sie wohl bis zu Baldwin brauchen?"

„Ich weiß es nicht, mein Schatz, sie sind in Gottes Hand. Komm, lass uns frühstücken, wer weiß, wann wir wieder etwas zu essen bekommen." So aßen sie Gerstenbrei mit Honig, Trockenfrüchten und Nüssen in Erinnerung an ihren ersten Besuch bei den Alamannen.

Kaum hatten sie ihr letztes Mahl in ihrem Haus beendet, als sie das Geklapper von Pferdeschuhen näherkommen hörten.

Kurze Zeit später klopfte es an die Tür. Fortunatus öffnete. Vor der Tür standen Gaius und Lucius mit zwei weiteren römischen Soldaten, die einen Pferdewagen lenkten. Lucius wies die beiden an, draußen zu warten, dann traten er und Gaius ein und schlossen die Tür hinter sich zu. Gaius lehnte sich an den Türrahmen und schaute von Zeit zu Zeit durch das kleine Fenster, zur Kontrolle, ob die beiden Soldaten auch noch auf dem Wagen saßen oder ob sie gar herumschnüffelten. Man konnte ja nie wissen. Lucius stürmte auf Fortunatus los, packte ihn an beiden Schultern, schüttelte ihn und sprudelte los: „Du sturer, alter Dummkopf, warum bist du nicht mit deiner Frau geflohen, als ihr noch die Gelegenheit dazu hattet? Ihr könntet jetzt bereits über alle Berge sein, Fortunatus! Ich fasse es einfach nicht, du bist doch sonst ein so besonnener Mann. Verstehst du nicht, dass wir euch jetzt verhaften und dem Militärkommandeur vorführen müssen, der euch verhören und dann zum Tode verurteilen wird? Du bist mein Freund, Fortunatus, mein bester Freund, ich will dich nicht sterben sehen!

Ich will dich nicht verlieren, hörst du?“ Während seiner Rede hatte er aufgehört, Fortunatus zu schütteln, und ihn stattdessen traurig angeblickt. Er fuhr fort: „Ich habe so viele schlimme Dinge in meinem Leben als Soldat gesehen, aber eure Hinrichtung ist das Furchtbarste, was ich mir nur vorstellen kann. Es bricht mir das Herz und ich kann gar nichts dagegen tun. Warum Fortunatus, warum? Sag es mir, hilf mir, dass ich es verstehe!“

Fortunatus legte sanft seine Hand auf Lucius‘ Schulter und antwortete ruhig: „Mein Freund, mein treuer, lieber, impulsiver Freund, wir werden angeklagt, Anhänger von Jesus Christus zu sein. Ich, wir können das nicht verleugnen, nur um unser Leben zu retten. Jesu‘ Liebe und sein Gehorsam gegenüber Gott dem Allmächtigen und seine Liebe zu uns hat uns vor dem ewigen Tod gerettet, so dass wir, wenn wir von dieser Welt gehen, direkt zu Gott und Jesus nach Hause kommen dürfen. Ich habe, und Gratia ebenfalls, wir haben uns Jesus gegeben, wir gehören ihm. Unsere Aufgabe ist es, seine frohe Gnadenbotschaft in diese Welt zu bringen, damit so viele Menschen wie möglich gerettet werden. Er hat es klar zu uns gesagt: ‚So geht nun hin und macht zu Jüngern alle Völker, und tauft sie auf den Namen des Vaters und des Sohnes und des Heiligen Geistes und lehrt sie alles halten, was ich euch befohlen habe. Und siehe, ich bin bei euch alle Tage bis an das Ende der Weltzeit! Amen!‘

(Matth. 28,19,20) „Das haben wir mit Flavia gemacht und wurden vom Isispriester denunziert. Wir können unseren Jesus nicht verleugnen, um nichts in dieser Welt. Und wenn sie uns dafür töten, dann ist es eben so. Wir sind in Gottes Hand. Er hat uns gesagt: ‚Fürchte dich nicht, denn ich habe dich erlöst! Ich habe dich bei deinem Namen gerufen; du bist mein.' (Jes. 43,1)

Lucius, mein lieber Lucius, wenn auch du Jesus im Herzen hättest, würdest du uns verstehen. Ohne Jesus gibt es kein Leben für uns."

Lucius holte tief Luft, räusperte sich und meinte dann leise: „Wir müssen jetzt gehen, nicht, dass die beiden Burschen auf dem Wagen noch Verdacht schöpfen. Gaius und ich werden alles tun, um euch die Zeit, die euch noch bleibt, im Kerker so angenehm wie möglich zu machen. Vergib mir, wenn ich euch jetzt die Hände fesseln muss." Fortunatus und Gratia streckten ihm lächelnd ihre Hände entgegen und er band sie zusammen. Dann führte Gaius sie hinaus und sie setzten sich auf den Wagen, der in Richtung Legionslager fuhr, während Lucius und Gaius nebenherritten. Gratia und Fortunatus blickten sich noch einmal um, ließen ihre Blicke streifen und beteten leise für ihre Kinder, die Gemeinde, Freunde und Nachbarn und für die römischen Soldaten. Die Straße war gesäumt von Gräbern, kleinen und monumentalen. Beide lächelten einander zu. Nach einer Weile kamen sie ins Legionslager und wurden sogleich in den Kerker geführt. Es war ein kalter Steinbau mit einer vergitterten Fensteröffnung ohne Glas und mit Stroh auf dem gestampften Lehmboden. Gaius löste ihnen die Fesseln und stellte Florus und Glaukus, zwei junge Soldaten, die ihm treu ergeben waren, als Wachen für sie ab. Sie hatten den ausdrücklichen Befehl, die Gefangenen gut zu behandeln, was sie auch taten.

Als erstes gaben sie ihnen zwei Decken, die eine, um sie auf das Stroh zu legen, die andere, um sich damit zuzudecken. Fortunatus und Gratia setzten sich und fingen laut an Psalmen zu singen. Deren Botschaft, getragen von den wunderschönen Stimmen, hallte durch den kalten Raum wie kleine Feuerfunken, erwärmte ihre Herzen und bewegte auch die der beiden Wachen. Fortunatus und Gratia sangen und beteten lange, und als sie fertig waren, fragte Glaukus, wer denn dieser Jesus sei, zu dem sie beteten. Fortunatus antwortete ihm: „Jesus Christus ist der Sohn des Allmächtigen Gottes, der hier auf Erden wandelte, als wahrer Mensch und wahrer Gott. Er hat viele Menschen geheilt. Blinde konnten sehen, Lahme gehen und Menschen, die an den verschiedensten Krankheiten litten, wurden durch ihn gesund. Und er hat auch Tote wieder zum Leben erweckt.“ Florus blickte fassungslos in Fortunatus‘ Gesicht und meinte staunend: „So etwas habe ich ja noch nie gehört! Tote wieder lebendig gemacht? Das hat Jesus getan?“

Fortunatus lächelte: „Ja, das hat er getan! Da war der Sohn einer Witwe, die Tochter des Jairus und dann Lazarus, der bereits vier Tage im Grab gelegen hatte und daher schon stank.“ Nach einer kurzen Pause meinte Glaukus: „Ach, ihr seid die beiden Christen, die angezeigt wurden und verurteilt werden.“ Und den Kopf schüttelnd, fuhr er fort: „Das verstehe ich nicht, ihr seid doch ein harmloses Ehepaar. Warum sollte jemand euch schaden wollen?“

„Ich habe die frohe Gnadenbotschaft von Jesus einer Frau erzählt und wurde dabei vom Isispriester belauscht. Sie war seine Klientin, die viel Geld bei ihm gelassen hat. Nach unserem Gespräch jedoch lud sie Jesus in ihr Herz ein und jetzt ist sie gerettet und glücklich, aber für den Priester als Klientin verloren. Deshalb hat er mich verklagt, aus Rache und Habsucht.“

„Eure Lieder klangen so wunderschön, sie haben mein Herz bewegt.“ – „Und meines auch“, redete Florus dazwischen, „erzähle uns mehr von diesem Jesus.“ Und Fortunatus tat es mit Freuden. Nach Stunden kam Gaius zurück und brachte etwas zu essen für Gratia und Fortunatus. Als sie fertig waren, nahm er sie mit zum Verhör. Glaukus und Florus gingen als Wachen mit ihnen.

Der Militärkommandeur saß hinter seinem Schreibtisch, auf dem eine vergoldeten Isisstatue stand. Der Isispriester stand davor und starrte mit grimmigem

Blick auf die Angeklagten. Lucius befand sich rechts neben seinem Chef. Gaius stellte sich auf dessen linke Seite, während Glaukus und Florus hinter den Angeklagten ihre jeweilige Stellung einnahmen.

Horatius, der Militärkommandeur, musterte Fortunatus und Gratia lange mit strengem Blick. Schließlich sprach er: „Ihr seid vom Obersten der Isispriester angeklagt worden, Christen zu sein. Ist das wahr?“ Die letzten drei Worte dehnte er.

Fortunatus und Gratia antworteten einstimmig mit: „Ja, so ist es. Wir gehören zu Jesus Christus.“

„Ihr habt jetzt die letzte Möglichkeit, euer Leben zu retten, indem ihr diesem Christus abschwört. Fallt auf die Knie vor Isis hier, küsst ihre Füße und bezahlt an den Priester eine Strafe.“

Fortunatus und Gratia schüttelten heftig ihre Köpfe und sagten: „Niemals werden wir vor jemand anderem als Jesus und Gott dem Allmächtigen, dem Schöpfer des Himmels und der Erde unsere Knie beugen. Isis ist ein totes Stück vergoldetes Holz, es gibt sie nicht. Die Götzen der Heiden sind Silber und Gold, von Menschenhand gemacht. Sie haben einen Mund und reden nicht, Augen haben sie und sehen nicht; Ohren haben sie und hören nicht, auch ist kein Odem (Atem) in ihrem Mund. Ihnen gleich sind die, welche sie machen, ein jeder, der auf sie vertraut! (Psalm 135,15-18)

Darauf ging Fortunatus langsam zum Schreibtisch. Dort angekommen, packte er blitzschnell die Statue und warf sie mit Schwung gegen die Wand, wo sie in tausend Teile zerschmetterte. Horatius sprang entsetzt aus seinem Sessel auf, der Priester hastete schreiend zu den zerbrochenen Teilen seiner Statue, Florus, Glaukus, Lucius und Gaius starrten bewegungslos auf die ganze Szene und der Ausdruck in ihren Augen verriet den Respekt vor den beiden Angeklagten. Der Priester stand vom Boden wieder auf und wollte sich wütend mit erhobenen Fäusten auf Fortunatus stürzen, aber Florus war schneller und fing ihn ab, bevor er Fortunatus schlagen konnte. Gaius eilte schnell dazu und zu zweit drängten sie den Priester auf einen Stuhl, der in der Ecke stand.

Der Militärkommandeur schlug mit seinem Schwertknauf auf den Tisch und brüllte: „Ruuuheeeee! Jetzt hab ich aber genug von diesem Tumult! Fortunatus, du bist nicht recht bei Sinnen. Mit dieser Handlung und eurer Weigerung, der Isis zu huldigen, spreche ich jetzt das Todesurteil über euch beide aus. Im Namen des Kaisers seid ihr hiermit zum Tode verurteilt durch Erschießen. Bis zur Vollstreckung in einer Woche werdet ihr nur Wasser und Brot bekommen, einmal am Tag!“ Vor Zorn hatte er einen ganz roten Kopf bekommen. Dann setzte er noch schwer atmend nach: „Bringt sie sofort zurück in den Kerker! Ich habe genug von diesen beiden und dieser leidigen Angelegenheit. Und du, Priester, kannst jetzt auch gehen.“ Mit diesen Worten verließ er den Raum durch eine Seitentür, die er mit Schwung hinter sich zuknallte. Der Priester warf Fortunatus und Gratia noch böse Blicke zu, bevor auch er verschwand.

Gaius befahl Florus und Glaukus: „Bringt die beiden in den Kerker zurück, ich komme nachher zu euch.“ Und so geschah es.

Fortunatus und Gratia waren wieder in ihrer Zelle eingeschlossen.

Florus blickte zu ihnen durch die Gitterstäbe. „Solche Menschen wie euch habe ich noch nie getroffen“, meinte er staunend. „Ihr wart so mutig und habt dem Militärkommandeur und dem Priester tapfer die Stirn geboten für euren Jesus. Ihr müsst ihn sehr lieben.“

Gratia antwortete lächelnd: „Ja, Florus, wir lieben unseren Jesus sehr, aber das können wir nur, weil er uns zuerst geliebt hat. Seine Liebe ist in unseren Herzen, verstehst du? Seine Liebe und der Heilige Geist formen uns um und machen uns immer mehr, so wie Jesus ist. Florus, das ist so wunderschön, ich kann es dir mit Worten gar nicht beschreiben, Worte sind so begrenzt.“

Florus blickte Gratia in die Augen, streckte seine Hand durchs Gitter und berührte sanft ihre Hand, dann flüsterte er leise: „Ich kann es in deinen Augen sehen, Gratia, sie strahlen so, wie ich noch nie einen Menschen habe strahlen sehen, und das, obwohl euch der Tod droht."

Gratia nahm seine Hand und streichelte sie: „Florus, der Tod schreckt mich nicht. Für die, die Jesus im Herzen haben, gibt es keinen Tod. Unser fleischlicher Körper ist wie ein Mantel, den wir hier in dieser Welt einfach abstreifen und zurücklassen, während wir zu Jesus in die Ewigkeit gehen, dorthin, wo unser Vater, Gott der Allmächtige und Jesus unsere Tränen trocknen werden, und wo wir glückselig sind für immer."

Florus blickte von ihr zu Fortunatus und wieder zu ihr zurück, dann sagte er: „Ich will Jesus auch so nahe sein, ich will auch so voll sein von ihm, wie ihr es seid." Fortunatus kam auf ihn zu ans Gitter, legte ihm die Hand auf den Kopf und forderte ihn auf: „Sprich mir nach, Florus: ‚Danke Gott, dass du mich so sehr liebst, dass du deinen Sohn Jesus Christus geschickt hast, um für meine Sünden am Kreuz zu sterben. Ich bereue meine Sünden und nehme dich, Jesus, jetzt an als meinen Heiland, Retter und Erlöser. Komm in mein Herz, Herr Jesus, und bleibe bei mir. Ich danke dir. Amen.'" Florus wiederholte die Worte, die Fortunatus ihm vorsagte, mit zitternder Stimme und sehr bewegt. Als er fertig war, zog er die Nase hoch und meinte strahlend: „Jetzt gehöre ich auch zu Jesus, nicht wahr?"

Gratia und Fortunatus lächelten: „Ja, jetzt gehörst du auch zu Jesus und bist unser Bruder in Christus."

Glaukus hatte die ganze Zeit mit großen Augen zugeschaut, dann bat er: „Ich will Jesus auch haben." So legte Fortunatus auch ihm die Hand auf den Kopf und ließ ihn die Einladungsworte nachsprechen.

Zufrieden rückten sie alle zusammen. Fortunatus und Gratia erzählten den beiden jungen Soldaten von Begebenheiten aus dem Leben Jesu, wie er Wasser in Wein verwandelt hatte, wie er mit fünf Broten und zwei Fischen fünftausend Männer und deren Familien gespeist hatte, wie er über das Wasser gelaufen war. Sie erzählten von seinem Leiden und seinem Tod am Kreuz, von seiner Auferstehung und seinem Versprechen wiederzukommen. Als Gaius nach Stunden zu ihnen kam, lächelte er und staunte über die Szene, die sich ihm bot. Alle vier saßen auf dem Boden, nur getrennt durch die Gittertür, hielten sich an den Händen und Gaius glaubte den Frieden beinahe greifen zu können, der von ihnen ausging und den ganzen Raum erfüllte. Fortunatus forderte die beiden auf: „Wendet euch an Gaius, er wird euch zu unserer Gemeinde bringen, wo ihr mit den anderen Mitgliedern Jesus feiern könnt und noch viel mehr über ihn erfahren werdet. Gaius gehört auch zu uns. Erstaunt blickten Florus und Glaukus Gaius an, der lächelte und zustimmte: „Ja, ihr beiden, auch ich gehöre Christus und bin jetzt euer großer Bruder", und dabei wurde das Lachen auf seinem Gesicht immer breiter.

Die beiden jungen Soldaten lachten ebenfalls. „Geht jetzt schlafen, ich übernehme die Nachtwache. Morgen früh um sechs Uhr seid ihr wieder dran." Sie nickten, dann verabschiedeten sich die beiden von den anderen, dankten Fortunatus und Gratia von Herzen und gingen. Gaius blickte seine Freunde an, streckte seine Arme durch die Gitter, um sie an den Händen zu halten, und lachte: „Fortunatus, ich wusste gar nicht, dass du so temperamentvoll sein kannst!" Sein Lachen wurde lauter und Gaius berichtete weiter: „Das Gesicht von Horatius war einmalig, so etwas hat er in seinem ganzen Leben noch nicht erlebt. Schließlich will er immer alles unter Kontrolle haben und wird wütend, wenn dem nicht so ist. Aber so sauer und fassungslos wie heute hab ich ihn noch nie gesehen, und ich kenne ihn schon eine Weile – das vergisst er nie! Aber ich sage euch, ganz tief drinnen, unter der Wut, hat er euren Mut auch ein wenig bewundert, was ihn aber nicht davon abhalten wird, euch hinrichten zu lassen. Ich habe hier etwas für euch von Ursa und Marcellus. Sie waren so geschockt und entsetzt über eure Festnahme und weinten beide. Sie haben mir etwas zum Essen für euch mitgegeben, ‚damit ihr nicht verhungert in dem dunklen Loch', hat Ursa schluchzend gemeint. ‚Passt auf, in einem der Brötchen ist was drin, beißt vorsichtig', lässt Marcellus euch ausrichten." Er reichte den Beutel den Gefangenen, die ihn sogleich öffneten und vier Mostbrötchen, Schinken, zwei Marcellus-Spezialwürste, Käse und zwei

Birnen darin fanden. Glücklich und dankbar setzten sie sich zu ihrem Mahl hin. Vorsichtig zerbrachen sie die Brötchen und fanden in einem eine kleine Metallkapsel, die Fortunatus öffnete. Ein zusammengerolltes Stück beschriebener Papyrus lag darin. Er hob den Fetzen an eine der Öllämpchen, die die Dunkelheit erhellten, und las laut: „Ihr Lieben, alle unsere Gebete und Gedanken sind bei euch. Wir lieben euch. Ursa, Marcellus und Familie." Dann stand noch ein Zitat von Jesus darunter: „In der Welt habt ihr Bedrängnis; aber seid getrost, ich habe die Welt überwunden!" (Joh. 16,33)

Fortunatus und Gratia hatten Tränen der Rührung in den Augen und beteten laut: „Danke, Herr Jesus, für dein Wort, und dass du uns auch mit so lieben, wunderbare Freunden gesegnet hast. Tröste ihre Herzen und lass sie immer standhaft deine Hand festhalten, egal was passiert." Dann nahm Fortunatus das Stück Papyrus und aß es auf, damit keiner Spuren finden und die Soldaten in Schwierigkeiten bringen würde. Den leeren Essensbeutel mit der ebenfalls leeren Metallkapsel gab er Gaius zurück, der sie sogleich verstaute. Gratia bat ihn: „Bitte, wenn du Marcellus und Ursa wiedersiehst, danke ihnen von Herzen und umarme sie von uns, wir lieben sie auch." Dann sangen die drei noch das Abendlied zusammen: „Jesus, mein Jesus, ich danke dir, dass du immer, immer bist bei mir. Ich danke dir für die Freude und das Lachen, dass du mich sicher geführt an deiner Hand, und jetzt nimm mich ganz fest in deine Arme und bring mich rüber in das Traumland."

Fortunatus nahm seine Gratia in die Arme, legte die Decke über sie beide und dann schliefen sie ein. Um fünf Uhr morgens, eine Stunde vor Wachablösung, kam Lucius und weckte die drei. „Ich habe jetzt gerade eine Stunde Zeit, und die möchte ich mit euch verbringen. Über den Tag kann ich nicht weg von Horatius, der mich sehr einspannt. Alle Achtung, Fortunatus, dein Wurf geht in die Annalen des Legionslagers ein! Ich hatte das zweifelhafte Vergnügen", und dabei verzog er sein Gesicht zu einer Grimasse, „den ganzen Tag mit einem übellaunigen Horatius verbringen zu dürfen. Ich musste mich so zusammenreißen, dass ich nicht laut herauslachte. Ich sage euch, das verlangte einige Disziplin von mir!" Er lachte laut. „Immer wieder brummte er vor sich hin und ist im Zimmer regelrecht auf und ab getigert. Ihr hättet ihn sehen sollen, wie er wild gestikulierte und Dinge sagte wie: ‚Ich fasse es nicht, ich fasse es nicht! So eine Unverschämtheit ist mir ja noch nie passiert! Wirft dieser Christ einfach die Statue an die Wand, vor unser aller Augen! Ich fasse es nicht, ich fasse es nicht! Aber dem werden seine Frechheiten schon noch vergehen, wenn er in einer Woche halbverhungert am Pfahl steht. Ha, den krieg ich auch noch klein! Der wird um Gnade winseln, wenn er sieht, wie die Soldaten die Pfeile auf ihn und seine Frau richten. Das wird mein Triumpf sein.‘ Also, Fortunatus und Gratia, seit euch darüber im Klaren, ihr habt tiefen Eindruck hinterlassen. Und nach dem, was mir Gaius berichtete, wird das mit dem Hungern ja auch nichts, bei so vielen besorgten Gemeindemitgliedern und Freunden werdet ihr eher zulegen als abnehmen“, und er musste wieder lachen. „Ich versuche Horatius abzulenken von euch, dass ihm nicht noch irgendetwas Gemeines einfällt. Gestern Abend habe ich extra einen Stapel Listen vorbereitet, die er heute durchgehen muss, das hält ihn beschäftigt. Lucius grinste breit. Dann wurde er wieder ernst, griff Fortunatus‘ und Gratias Hand: „Solche Menschen wie ihr beide sind wirklich sehr außergewöhnlich. Ich bin schon ganz schön rumgekommen im Römischen Reich. Ich musste viel über euch und eure Worte über Jesus nachdenken, auch über das, was du mir früher schon gesagt hast, Fortunatus, in unserem geliebten Gamundia. Ach übrigens, das Kastell ist wieder besetzt und das Bad, allerdings verkleinert, wieder aufgebaut, jedoch ohne die große Halle davor. Ich bekam Nachricht von Quintus und Priscus, sie sind wieder in Gamundia stationiert. Ist das nicht schön? Ich dachte, ihr freut euch über diese Nachricht.“

Fortunatus, Gratia und Gaius freuten sich sehr, wussten sie doch jetzt, wo sich ihre beiden Brüder in Christus befanden und dass es ihnen gut ging.

Fortunatus sagte zu Lucius: „Mein Freund, am meisten freue ich mich aber, dass du über Jesus nachdenkst. Quintus und Priscus sind ebenfalls Christen, wie Gaius auch.“ Lucius lächelte: „Das habe ich mir schon gedacht. Sie hatten alle einen Fischanhänger um den Hals, wie ihr auch. Ich bin ja schließlich ein guter Beobachter.“

In einem Monat werde ich nach Gamundia zurückkehren und nach dem Rechten sehen. Horatius schickt mich auf eine Inspektionsreise bis nach Lauriacum (Lorch), aber von dort ist es ja nicht weit bis Gamundia und so werde ich einen Abstecher machen, die beiden besuchen und von euch berichten.“

„Danke, mein Freund, und grüße sie herzlich von uns“, erwiderte Fortunatus.

„Das werde ich machen, auf jeden Fall. So, jetzt muss ich aber wieder los, damit mein übellauniger Chef mich nicht sucht“, dabei grinste er noch einmal seine Freunde an und verließ den Kerker. Die ganze Woche verlief ruhig, ohne irgendwelche Gemeinheiten von Horatius, da Lucius ihn mit Verwaltungsangelegenheiten sehr beschäftigt hielt. Jeden Tag schickten andere Gemeindemitglieder Essen über Gaius an die beiden Gefangenen. Fortunatus und Gratia erzählten Florus und Glaukus und auch Lucius, wenn er sich freimachen konnte, immer mehr über Jesus. Ansonsten sangen sie viele Psalmen und beteten mit ihren beiden Bewachern. Mitten in der Nacht vor der Hinrichtung kam

Lucius und weckte seine Freunde: „Fortunatus, die ganze Woche kann ich an nichts anderes mehr denken als an Jesus und euch beide hier. Ich bekomme ihn einfach nicht aus meinen Gedanken. Ich träume sogar schon von Jesus! Fortunatus, ich will ihn in mein Herz einladen, hilf mir dabei bitte."

Lucius schloss die Gittertür auf und ging hinein. Fortunatus umarmte seinen Freund mit Tränen der Freude in seinen Augen und betete laut: „Danke, mein Jesus, dass du meine Gebete erhört hast." Danach sprach er laut die Einladungsworte und Lucius wiederholte sie. Als sie fertig waren, umarmten sich alle vier: Gaius, Lucius, Fortunatus und Gratia.

„Gaius, hole Glaukus und Florus, wir taufen die beiden und Lucius jetzt noch hier im Kerker, bring Wasser mit", bat Fortunatus. So verschwand Gaius augenblicklich, um dessen Bitte zu erfüllen.

Etwa zehn Minuten später kam er mit den beiden jungen Soldaten und einem Wassereimer zurück. Und so wurden Lucius, Glaukus und Florus auf den Namen des Vaters, des Sohnes und des Heiligen Geistes getauft. Glücklich beteten sie, sangen und feierten das Abendmahl miteinander. Als der Morgen dämmerte, verließen Lucius und Gaius die anderen. Sie umarmten Fortunatus und Gratia noch einmal herzlich und Fortunatus tröstete sie mit den Worten: „Seid nicht traurig, ihr wisst, wohin wir gehen. Wir sind in Gottes Hand und sehen uns wieder. Solltet ihr in diesem Leben unsere Kinder wiedersehen, so sagt ihnen, wie sehr wir sie lieben. Gott segne euch, unsere geliebten Freunde, wir danken euch für alles."

Lucius und Gaius waren so bewegt, dass sie nur flüstern konnten: „Wir danken euch auch für alles, Gott segne euch." Dann drehten sie sich um und gingen. Etwa drei Stunden später kamen sie wieder, um die beiden zu holen und in den kleinen Hof zu bringen, in dem die Hinrichtung stattfinden sollte. Fortunatus und Gratia umarmten Florus und Glaukus mit den Worten: „Seid stark, haltet an Jesus fest, egal was passiert. Gott segne euch." Dann ließen sie sich wieder die Hände fesseln und verließen mit Lucius und Gaius den Kerker. Im Hof angekommen, wurden sie an zwei Holzpfähle gebunden. Vier Soldaten standen mit ihren Bögen in den Händen einige Meter vor den Pfählen und verzogen keine Miene. Dann trat Horatius auf. In seiner Paraderüstung wirkte er sehr wichtig und mächtig. Er musterte die beiden Gebundenen mit überheblichen, abschätzenden Blicken und sagte dann mit einer hasserfüllten Stimme: „Die Woche ist um, Angeklagte! Heute werdet ihr auf Befehl des Kaisers sterben. Was habt ihr noch zu sagen?" Fortunatus blickte ihm geradewegs ins Gesicht: „Wir vergeben euch allen, Horatius. Wir beten für euch, dass auch ihr Jesus finden und seinen Frieden empfangen möget und er die Leere in euren Herzen füllt. Wir beten für euch, dass ihr die falschen Götzen hinter euch lasst und die Wahrheit erkennt, Jesus Christus! Er selbst hat gesagt: ‚Ich bin der Weg und die Wahrheit und das Leben; niemand kommt zum Vater als nur durch mich!‘ (Joh. 14,6)

Und er sagte auch: ‚Ich bin die Tür. Wenn jemand durch mich hineingeht, wird er gerettet werden und wird ein- und ausgehen und Weide finden.‘ (Joh. 10,9)

Ihr verehrt die Kaiser als Götter, und wenn einer euch nicht passt, bringt ihr ihn einfach um, wie ihr es mit Severus Alexander auch getan habt. Aber keiner von ihnen ist wiedergekommen. Wacht auf! Jesus Christus ist auch für euch gestorben! Nehmt ihn an und lebt, für immer! Er hat Kranke geheilt, Tote zum Leben auferweckt und noch viele andere Wunder gewirkt. Er allein hat den Tod besiegt und ist am dritten Tag auferstanden von den Toten und später aufgefahren in den Himmel. Keiner von euren toten Götzen hat das je gemacht. Erkennt doch die Wahrheit! Jesus Christus ist die Wahrheit. Er liebt euch! Nehmt ihn an, in eure Herzen und lebt!“

Horatius wurde tiefrot im Gesicht und schnappte nach Luft, die vier jungen Soldaten blickten verwundert und unsicher von Fortunatus zu Gratia und dann zu Horatius. Da brüllte der Militärkommandeur, und seine Stimme überschlug sich dabei: „Nehmt Aufstellung, Soldaten!“

Die Vier stellten sich in Position.

„Aaaanlegen!“ Die Soldaten spannten die Pfeile in die Bögen.

„Feuer!“ Die Pfeile zischten durch die Luft, blieben aber alle über Fortunatus‘ und Gratias Köpfen im Holz stecken, ohne sie auch nur angekratzt zu haben.

Horatius blieb der Mund offen stehen. Für einen kurzen Moment war es mucksmäuschenstill auf dem Hof, so still, dass man hätte eine Nadel fallen hören können. Die Ruhe vor dem Sturm. Entgeistert starrte der Militärkommandeur von den Soldaten zu den beiden Gefangenen, die mit einem Lächeln auf ihren Gesichtern in den Himmel blickten. Dann rollte der Sturm heran, Horatius brüllte los: „Befehlsverweigerung! Verrat! Das hat es ja noch nie gegeben bei mir! Ihr nichtsnutzigen Bürschchen! Auspeitschen lasse ich euch! Eine Woche Kerker bei Wasser und Brot! Ihr wollt Soldaten sein? Lucius! Nimm diese vier Möchtegernsoldaten und peitsche sie aus, danach ab mit ihnen in den Kerker, damit sie wieder zur Besinnung kommen! Mach du das, dann weiß ich wenigsten, dass mein Befehl ausgeführt wird. Gaius! Bring die Angeklagten in den Kerker und bewache sie dort. Aus meinen Augen mit ihnen! Ich ertrage ihren Anblick nicht mehr. Sie werden morgen sterben.“ Mit diesen letzten Worten drehte er sich um und verschwand. Lucius nahm die vier Schützen mit sich und Gaius brachte Fortunatus und Gratia zurück in den Kerker. Als Lucius mit den vier Soldaten alleine war, fragte er sie, warum sie absichtlich danebengeschossen hatten.

Da antwortete der erste: „Ich konnte auf einmal nicht auf sie zielen, es wäre nicht richtig gewesen, die beiden zu töten, verstehst du? Deshalb schoss ich daneben."

„Bei mir war es genauso", bekräftigte der zweite Soldat. „Bei mir auch, erwiderte der dritte und der vierte Soldat nickte zustimmend. Lucius blickte ernst und ruhig auf die vier Männer: „Ihr meint, dass das, was Fortunatus sagte, euch bewegt hat?"

„Ja", meinte die kleine Gruppe einhellig.

„In Ordnung, Soldaten. Leider muss ich euch jetzt auspeitschen, auch wenn ich es nicht will, aber wenn Horatius dahinterkommt, dass ich euch nicht bestrafe oder es sogar selbst kontrolliert, kommen wir alle fünf in die schlimmsten Schwierigkeiten. Das versteht ihr?" Die vier Menschen nickten. Nachdem die Schläge vollzogen waren, und Lucius hatte so milde wie möglich zugeschlagen, brachte er sie in die Zelle neben seinen Freunden. Kaum war die Gittertür verschlossen, fingen die Soldaten auch schon an Fragen zu stellen: „Fortunatus, wer ist dieser Jesus, erzähle mehr von ihm. Das ist uns noch nie passiert, dass wir nicht schießen konnten, einen Befehl einfach verweigerten." Und so erzählte Fortunatus von Jesus, ab und zu fiel Gratia ergänzend ein und die Stunden verstrichen. Mit großen erstaunten Augen hörten die vier Soldaten den beiden zu und am Ende luden sie alle Jesus in ihre Herzen ein. Noch vor der Dämmerung kamen Glaukus, Florus und Lucius vorbei. Die vier Soldaten wurden von Fortunatus getauft und dann feierten sie alle zusammen das Abendmahl. Fortunatus blickte seinen Freund Lucius an und sprach: „Siehst du, unsere Verurteilung und Hinrichtung hat jetzt schon sieben Menschen zu Jesus gebracht. Ist das nicht wunderbar? Gott macht aus krummen Wegen gerade. Jesus hat uns klar gesagt: ‚In der Welt habt ihr Bedrängnis; aber seid getrost, ich habe die Welt überwunden!‘ (Joh. 16,33) Und über euch hören wieder andere Menschen die frohe Gnadenbotschaft von Jesus und folgen ihm nach. So werden mehr und mehr Völker und Nationen seine Jünger werden. Jeder von uns ist ein kleines Mosaiksteinchen im großen Bild Gottes." Dabei lächelte er sie an. „Wenn wir gegangen sind, wendet euch in allem an Gaius. Er sagt euch, wann und wo sich unsere Gemeinde trifft. Gott segne euch alle und uns. Geht jetzt, bevor ihr in Schwierigkeiten kommt. Lucius, Florus und Glaukus umarmten die beiden Verurteilten und gingen. Die vier Soldaten wurden wieder in ihre Zelle eingeschlossen und Gaius fesselte Fortunatus und Gratia die Hände, führte sie abermals auf den kleinen Hof und band sie an den Pfählen fest. Horatius tauchte auf, in seiner Paraderüstung und schlecht gelaunt. Diesmal hatte er vier ältere Soldaten als Schützen ausgewählt, alte Haudegen, die bereits in vielen Kämpfen erprobt waren. Er wollte kein weiteres Risiko eingehen. Noch ein solches Fiasko wie beim ersten Mal hätte er nicht verkraftet. Gaius und Lucius stellten sich rechts und links neben den Militärkommandeur.

Fortunatus und Gratia blickten einander lächelnd an, dann schauten sie zum Himmel und beteten laut: „Der Herr ist mein Hirte; mir wird nichts mangeln …“ Als sie an die Stelle kamen: „Und wenn ich auch wanderte durchs Tal der Todesschatten, so fürchte ich kein Unglück, denn du bist bei mir …“, gab Horatius den Schießbefehl. Die Pfeile flogen durch die Luft und trafen ihre Ziele. Fortunatus und Gratia waren lächelnd nach Hause gegangen. Lucius und Gaius kämpften mit sich, um sich ja keine Regung anmerken zu lassen. Horatius sagte zu Gaius sichtlich erleichtert: „Endlich ist diese leidige Angelegenheit beendet. Wirf ihre Körper in den Rhenus. Und dass mir ja keiner mehr ihre Namen erwähnt.“ Dann drehte er sich um und ging, gefolgt von seinen vier Schützen. Gaius holte Glaukus und Florus und sie wickelten die Leichname in Tücher ein, verfrachteten sie auf einen Pferdewagen und fuhren sie auf den Friedhof, der sich entlang der Via Sepulcrum, der Gräberstraße vom Vicus Victoriae (Weisenau), nach Mogontiacum hinzog. Ursa, Marcellus, Aidan, Una, Bran und Davnat standen schon bereit und hatten das Doppelgrab ausgehoben, da Gaius mit ihnen alles bereits im Vorfeld besprochen hatte. Die

Zeit drängte, da die Soldaten ins Lager zurückmussten, um ihren Dienst zu tun. So begruben sie Fortunatus und Gratia, legten eine kleine Steinplatte auf das Grab, in die ein Fischsymbol eingraviert war. Im Fischkörper stand das Wort „ICHTYS".

Zwei Rosenbüsche pflanzte Ursa links und rechts der Steinplatte, einen mit weißen und einen mit dunkelroten Blüten. Im Laufe der Jahre wuchsen sie zu wunderschönen Büschen heran, die immer viele Rosen trugen. Oft staunten Vorbeifahrende über ihre Schönheit.

Aber das Wunderbarste war, dass sie jeden Winter eine rote und eine weiße Blüte trugen.

14.) Die Flucht

Nach etwa zwei Stunden, in denen auch ich ein wenig vor mich hingedöst hatte, weckte ich Dulcia und wir ritten weiter. Wir wollten so schnell wie möglich zum Limes und dann in alamannisches Gebiet kommen, wussten wir doch nicht, ob wir verfolgt würden. Der Schwager des Flößers hatte mir gesagt, dass wir am besten dem Fluss Moenus (Main) folgen sollten, der uns sicher zur Grenze im Osten bringen würde.

Ab und zu begegneten wir Händlern auf ihren Ochsenkarren sitzend, die uns freundlich grüßten. Einer von ihnen transportierte große Fässer. Er hatte einen Hund dabei, der entspannt auf den Fässern lag. Die Nase in den Wind gestreckt und die Ohren wachsam aufgestellt, beäugte er die Gegend. Nachts schliefen wir fernab der Straße in den Wäldern. Mutter hatte uns viel Proviant eingepackt, so dass wir nicht hungern mussten, Brot, Käse, Trockenfleisch, Oliven und Äpfel. Unsere Eltern fehlten uns so sehr, immer wieder fragten wir uns, ob sie wohl noch lebten oder bereits nach Hause gegangen waren. Mit dem Sonnenuntergang legten wir uns schlafen, mit Wehmut im Herzen. Und mit dem Sonnenaufgang standen wir auf, frühstückten und ritten weiter. Nach und nach gewöhnten sich unsere Körper an das Reiten und der Muskelkater ließ nach. Wir sprachen viel über unsere Eltern, von dem, was hinter uns lag, und freuten uns auch auf das, was uns erwartete – das Wiedersehen mit Baldwin und seiner Familie! „Faustus, wir haben ihn vier Jahre nicht gesehen, wie er wohl aussieht? Er ist bestimmt richtig groß geworden und noch viel besser aussehend, als er es sowieso schon war“, meinte meine Schwester lächelnd. „Bestimmt“, antwortete ich, „und außerdem ist er ein Mann geworden, genau wie ich auch. Der fällt bestimmt um, wenn er sieht, wie schön du geworden bist.“ Dulcia wurde rot und meinte abwehrend: „Ach was, er wird mich mit den kurzen

Haaren überhaupt nicht erkennen, sondern dich fragen, wer denn der junge Kerl da an deiner Seite sei."

„Mein Schwesterherz", belehrte ich sie, „die Liebe sieht mit anderen Augen, vertrau auf das Wort deines Bruders." Ich wuschelte ihr durch die kurzen Haare, während wir langsam nebeneinander herritten. Dann lachten wir beide. „Faustus, du mein großer, schlauer Bruder", grinste sie mich frech an, „sag, wie kommen wir ohne Probleme an der römischen Grenzkontrolle vorbei? Wenn sie uns suchen, droht uns dort die meiste Gefahr, meinst du nicht?"

„Wir sind in Gottes Hand. Er wird uns da durchschleusen, verlasse dich darauf. Weißt du, ich freue mich so sehr auf Baldwin, Armin und Adelberga, ich kann es kaum erwarten, sie wiederzusehen."

„Mir geht es genauso", seufzte sie sehnsüchtig. „Sie werden sehr traurig sein, wenn sie vom Tod unserer Eltern erfahren. Aber lass uns nach vorne schauen, Bruder. Baldwin will bestimmt keine Frau, die ständig in Tränen ausbricht." Verblüfft blickte ich meine Schwester von der Seite an. Das waren ja ganz neue Töne, die sie da anschlug. Meine Kleine wurde erwachsen, schneller als erwartet, durch den Verlust unserer Eltern und durch die Flucht. Sie lachte mich an: „Wer zuerst die nächste Wegbiegung erreicht, hat gewonnen!", und schon donnerte sie an mir vorbei. Lachend ritt ich im gestreckten Galopp hinter ihr her, konnte sie aber nicht mehr vor der Kurve einholen.

Triumphierend schaute sie mich an und auf einmal sah ich die Entschlossenheit in ihren Augen, die ich von unserer Mutter so gut kannte.

Die Tage vergingen, bis wir in der Ferne den Limes sahen. Unsere Herzen schlugen höher. Wir beteten, wie immer, zu unserem Herrn Jesus um Schutz und Führung und zitierten den Schutzpsalm 91 laut miteinander:

„1 Wer unter dem Schirm des Höchsten sitzt,
der bleibt unter dem Schatten des Allmächtigen.
2 Ich sage zu dem HERRN:
Meine Zuflucht und meine Burg,
mein Gott, auf den ich traue!
3 Ja, er wird dich retten vor der Schlinge des Vogelstellers
und vor der verderblichen Pest;
4 er wird dich mit seinen Fittichen decken,
und unter seinen Flügeln wirst du dich bergen;
seine Treue ist Schirm und Schild.
5 Du brauchst dich nicht zu fürchten vor dem Schrecken der Nacht,
vor dem Pfeil, der bei Tag fliegt,
6 vor der Pest, die im Finstern schleicht,
vor der Seuche, die am Mittag verderbt.
7 Ob tausend fallen zu deiner Seite
und zehntausend zu deiner Rechten,
so wird es doch dich nicht treffen;
8 ja, mit eigenen Augen wirst du es sehen,
und zuschauen, wie den Gottlosen vergolten wird.

9 Denn du [sprichst]: Der HERR ist meine Zuversicht!
Den Höchsten hast du zu deiner Zuflucht gemacht;
10 kein Unglück wird dir zustoßen
und keine Plage zu deinem Zelt sich nahen.
11 Denn er wird seinen Engeln deinetwegen Befehl geben,
dass sie dich behüten auf allen deinen Wegen.
12 Auf den Händen werden sie dich tragen,
damit du deinen Fuß nicht an einen Stein stößt.
13 Auf den Löwen und die Otter wirst du den Fuß setzen,
wirst den Junglöwen und den Drachen zertreten.
14 »Weil er sich an mich klammert,
darum will ich ihn erretten;
ich will ihn beschützen,
weil er meinen Namen kennt.
15 Ruft er mich an, so will ich ihn erhören;
ich bin bei ihm in der Not,
ich will ihn befreien und zu Ehren bringen.
16 Ich will ihn sättigen mit langem Leben
und ihn schauen lassen mein Heil!“

Durch unser gemeinsames rhythmisches Sprechen des Psalms waren wir voller Freude und Zuversicht und so ritten wir auf die Grenze zu.

Je näher wir kamen, desto mehr Leute sahen wir auf der Straße: Reiter, Händler, Frauen und Kinder. Langsam näherten auch wir uns dem Durchgangstor, wir stiegen von unseren Pferden ab und führten sie am Zügel. Die Menschenmenge wurde dichter. Kurz bevor wir vor der römischen Wache standen, hatte diese uns auch schon ins Auge gefasst und machte Anstalten, auf uns zuzukommen. In diesem Moment fingen links von uns ein paar keltische Händler miteinander einen Streit an, der in ein wildes Handgemenge mündete. Worum es ging, konnten wir nicht verstehen, aber das Geschrei und die Beschimpfungen wurden so laut, dass man sein eigenes Wort nicht hören konnte. Der römische Wachposten, der auf uns zukam, änderte abrupt seine Richtung. Drei weitere Soldaten verließen ebenfalls ihre Posten und alle zusammen griffen ein, um die Streithähne zu trennen und den Durchgang für den Verkehr wieder freizumachen. Dulcia und ich nutzten das Chaos und schritten zügig, aber nicht hastig voran, um nicht auch noch Aufsehen zu erregen. Unsere Herzen schlugen uns bis zum Hals und ich fühlte, wie ich vor Aufregung feuchte Hände bekam. Innerlich flüsterte ich nur: Jesus! Jesus! Jesus! Dann hatten wir das Tor passiert. Jesus sei Dank wurden wir von niemandem behelligt. Puh, das war knapp! Wir atmeten beide erleichtert auf.

Eine ganze Weile gingen wir immer weiter auf der Straße ins freie Germanien, ohne uns umzudrehen. Dann bestiegen wir unsere Pferde und ritten in weitem Abstand parallel zum Limes durch die Wälder. Ich wusste, dass, wenn wir der Palisade einfach folgen würden, wir eines Tages am Limesknie ankommen müssten, wo auf der anderen Seite der Grenze Lauriacum (Lorch) und ein wenig östlicher Gamundia lag.

Von dort aus kannten wir den Weg zurück zu Baldwins Dorf. Freudig zogen wir unsere römische Kleidung aus, warfen sie unter einen Busch und legten die alamannische Kleidung an, die Mutter auf unsere Bitten hin für uns vor ein paar Monden selbst gefertigt hatte. Mit dem Ablegen der römischen Tuniken fiel auch die ganze Anspannung der letzten Zeit von uns ab und so tanzten wir ausgelassen über die kleine Blumenwiese. Plötzlich riss sich Dulcia von mir los und rannte lachend zu den Bäumen, während sie mich schelmisch aufforderte: Fang mich doch, großer Bruder!" Ich lief ihr hinterher, im Zickzackkurs zwischen den Eichen hindurch, bis ich sie nach einer Weile endlich eingeholt hatte. Sie festhaltend, kitzelte ich sie durch, bis sie durch, bis sie nur noch quietschte. Wir lachten beide so herzlich wie schon lange nicht mehr. Er war der fröhlichste Moment, seit wir Mogontiacum verlassen hatten. Die erste große Etappe unserer Flucht war geschafft! Das Römische Reich und damit die Gefahr, die von ihm ausging, lag hinter uns.

In dieser Nacht schliefen wir glücklich ein. Früh am Morgen weckte uns lautes Vogelgezwitscher. Gemütlich an einen Baum gelehnt, genossen wir den wunderschönen Sonnenaufgang. Der Himmel färbte sich in zartes Orange und Rot. Leise sangen wir Psalmen und beteten. Nach einem ausgiebigen Frühstück bestiegen wir unsere Pferde und ritten beschwingt in den neuen Tag. Etwa um die Mittagszeit stießen wir auf eine

Gruppe von Alamannen, die auf uns zugeritten kamen, die Bögen im Anschlag. Sie umringten uns und ihr Anführer, ein großer, rothaariger Mann, sprach uns barsch auf alamannisch an: „Wer seid ihr und was wollt ihr? Ihr tragt unsere Kleidung, aber euer sehr kurzes Haar und eure Körpergröße lassen vermuten, dass ihr römische Spitzel seid!“ Ich antwortete ihm in perfektem Alamannisch, holte gleichzeitig den schwarzen Stein mit der eingravierten Bärentatze hervor und gab ihn dem Rothaarigen: „Wir sind Ehrenstammesmitglieder von Arnulfs Clan und wollen zu ihm. Wir sind auf der Flucht vor den Römern, obwohl wir selbst Römer sind, geboren in Gamundia.“ Der Anführer blickte uns erstaunt und schon wesentlich freundlicher an, drehte den schwarzen Stein einen Moment in seiner Hand herum, bevor er ihn mir wieder zurückgab. Plötzlich schlug er mir heftig, aber freundschaftlich auf die Schulter und meinte: „So ist das also. Nun, da wollen wir euch helfen, dorthin zu gelangen. Aber zuerst nehmen wir euch mit in unser Dorf, das nicht weit von hier entfernt ist. Dort könnt ihr euch erst einmal erholen von eurer Flucht. Lasst uns feiern und fröhlich sein!“ Darauf ritten wir zu der Alamannensiedlung und wurden dort gleich dem Clanchef vorgestellt, der ebenfalls den schwarzen Stein sehen wollte. Dann zeigte er ihn seinen Leuten und sagte: „Ihr alle wisst, was dieser Stein bedeutet! Auch wenn Feindschaft zwischen uns und den Römern herrscht, so doch nicht mit diesen beiden hier. Sie gehören zu

Arnulfs Clan. Behandelt sie ehrenvoll, denn sie haben seinem Sohn das Leben gerettet. Lasst uns feiern und auf das Leben trinken." Mit diesen Worten gab er mir den Stein zurück, wobei er leicht den Kopf vor uns neigte.

Die Alamannen johlten und wir alle gingen in das Langhaus des Clanchefs Brandolf, der auf seinem Stuhl Platz nahm, während seine Mägde und Sklavinnen das Essen vorbereiteten und wir uns auf die fellbedeckten Podeste an den Wänden setzten. Die Germanen redeten, scherzten, lachten und brüllten herum, der Lärmpegel stieg mit jeder Runde Met und Bier weiter an.

Brandolf besaß einen Sohn in meinem Alter, auch er hatte bereits 15 Winter gesehen. Raimund setzte sich links von mir, während Dulcia zu meiner Rechten Platz genommen hatte. Wir genossen den leckeren warmen Haferbrei mit Honig und Nüssen und Dulcia und ich aßen heißhungrig die süße Speise, war sie doch die erste warme Mahlzeit seit vielen Tagen. Raimund knuffte mich in die Seite: „Faustus, ich würde gerne mal mit dir kämpfen, einfach so zum Spaß, was meinst du?"

„Ach nein! Darauf habe ich keine Lust", beantwortete ich seine Frage. Da kam das Hauptgericht, gebratenes Schwein mit gekochtem Gemüse und Brot. Eine Sklavin stellte die gefüllten Teller vor uns hin. Aber als ich sie anschaute, wäre ich beinahe vor Überraschung von der Bank gefallen.

Drusilla! Du lebst! schrie es in meinem Kopf, während meine Lippen ein „Danke“ hervorbrachten. Am Blick in ihren Augen bemerkte ich, dass auch sie mich erkannt hatte. In meinem Gehirn jagten sich die Gedanken: Drusilla lebt, hier als Sklavin, wenn Gaius das wüsste! Leben die Zwillinge auch noch? Sie müssten jetzt acht Jahre alt sein, da sie vier Winter gesehen hatten, als sie verschleppt wurden. Wie bekomme ich sie hier heraus, ehrenhaft und ohne mir den ganzen Clan zum Feind zu machen und Arnulf Schande zu bereiten? Jesus, hilf mir!

Da stupste mich Raimund wieder an: „Ach komm schon, Faustus. Lass uns doch ein bisschen wettstreiten. Du darfst auch die Waffen wählen, in Ordnung? Schwert, Speer oder Bogen? Hm, was meinst du? Du weißt doch, dass so kleine Wettkämpfe bei uns Alamannen üblich sind? Komm schon, wir hätten echt Spaß.“

„Was bekomme ich, wenn ich dich besiege?“, fragte ich ihn.

Er überlegte einen Moment, dann sagte er: „Erstens besiegst du mich nicht“, und dabei grinste er von einem Ohr zum anderen, „aber sollte das Unmögliche doch eintreten, dann darfst du dir wählen, was du willst, egal was. Und wenn ich gewinne, dann bekomme ich das schöne Messer, das du am Gürtel trägst.“

Das ist die Lösung! Das ist die Lösung!, hämmerte mein Gehirn.

„Also gut, du Nervensäge“, und dabei knuffte ich Raimund ebenso freundschaftlich in die Seite. „Wenn du gewinnst, dann bekommst du das Messer, das mein bester Freund für mich gefertigt hat. Ich wähle den Bogen.“ Raimund sprang begeistert auf, schlug mir auf die Schultern: „Gut, gut, gut! Dann werden wir morgen nach dem Frühstück das Ziel aufbauen und schießen.“

„So machen wir es“, bekräftigte ich seinen Beschluss.

Daraufhin war er noch viel gesprächiger als vorher und Dulcia fragte ihn nach Baldwin. „Oh, Baldwin, tja, weißt du, er sollte eigentlich heiraten, das Alter hat er – ich heirate übrigens in zwei Monaten –, aber er hat eine Frau im Herzen und eine andere will er nicht haben. Sie ist Römerin und für ihn unerreichbar, sagte er mir. Ich traf ihn vor ein paar Vollmonden auf dem großen Thing, der Versammlung der Alamannen. Er war mit Arnulf und Berengar gekommen, der vor zwei Wintern geheiratet hat und bereits Vater eines kleinen Sohnes ist. Baldwin ist ein guter Schmied geworden, er fertigt wunderschönen Schmuck und ich habe von ihm eine Kette für meine Zukünftige gekauft. Er hat wirklich was drauf! Erstaunlicherweise trägt er um seinen Hals eine Goldkette mit einem halben Fisch. Was es damit auf sich hat, fragte ich ihn einmal. Er sagte mir, die andere Hälfte gehöre seinem besten Freund, seinem zukünftigen Schwager, dessen Schwester er heiraten will. ‚Und nur sie', hat er noch dazugesetzt."

Dulcia strahlte bei diesen Worten und lachte ein fröhliches „Halleluja!". Ich griff unter mein Hemd und holte die goldene Kette mit dem Gegenstück zu Baldwins Teil hervor. Raimund starrte es mit offenem Mund an, so verblüfft war er. Dann schlug er mit der Hand auf die Tischplatte und schrie begeistert: „Du bist sein bester Freund, Faustus! Und dein kleiner Bruder hier ist ein Mädchen und Baldwins Zukünftige! Ich fasse es nicht! Ha! Na der wird Augen machen. Das will ich persönlich miterleben. Ich werde Vater bitten, euch bis zu Arnulfs Dorf begleiten zu dürfen. Das find ich echt klasse. Ich liebe Geschichten mit einem guten Ende. Wisst ihr, ich mag Baldwin, und ihm seinen besten Freund und seine Braut zu bringen, wäre eine große Freude für mich." Wir knufften ihn, wohlwissend, dass wir einen neuen Freund gewonnen hatten. Dulcia wollte natürlich mehr wissen: „Sag, wie sieht er aus? Wir haben ihn seit vier Jahren nicht mehr gesehen."

„Er ist sehr groß und muskulös geworden, durch die Schmiedearbeit. Die Mädchen schwärmen für ihn, was ich so mitbekam. Aber er bemerkt es noch nicht einmal. Es interessiert ihn auch nicht, wenn man es ihm sagt. Er erzählt nur von seiner Süßen", Raimund lachte. „Mann, wird der Augen machen! Ich kann es schon kaum mehr abwarten, seine Reaktion zu sehen. Haha, den Blick, wenn er euch erkennt, werde ich mein ganzes Leben lang nicht vergessen.“ Wir drei lachten, feierten und redeten viel in dieser Nacht, bis wir irgendwann, als die Gäste gegangen waren, müde auf unsere Schlaflager fielen. Dulcia und ich beteten noch zu unserem Jesus und dankten ihm für alles, dann schliefen wir ein. Als meine Schwester und ich am nächsten Morgen aufwachten, war Raimund schon draußen, um das Ziel aufzustellen, einen dicken Strohsack mit einer Holzplatte darin. Auf der Vorderseite hatte er mit einem Kohlestück einen schwarzen, apfelgroßen Kreis gemalt. Nach dem Frühstück gingen wir nach draußen und Raimund begrüßte uns begeistert. Er zeigte mir verschiedene Bögen und bat mich, mir den für mich passenden auszusuchen. Dann stellten wir uns auf und ich überließ ihm den Vortritt als unserem Gastgeber.

Er lege den Pfeil auf den Bogen, zielte und schoss. Er ließ sich Zeit. Seine drei Pfeile landeten alle innerhalb des schwarzen Kreises, einer davon im Zentrum, die anderen beiden am Rand. Ich musste zugeben, Raimund war ein guter Schütze. Danach kam ich an die Reihe. Ich legte den Pfeil auf, zielte – und er landete mitten im Kreiszentrum, dann flog der zweite, dicht gefolgt vom dritten Pfeil, die ebenfalls beide in der Mitte des Kreises stecken blieben, ganz eng am ersten Pfeil. Raimund pfiff durch die Zähne: „Mann,

Faustus, du schießt ja erstklassig! Ich muss leider zugeben, dass du besser warst als ich. Du hast gewonnen und darfst dir etwas aussuchen als Siegespreis. Nun, was willst du?“

„Die Sklavin Drusilla und ihre beiden Söhne, wenn diese noch leben“, antwortete ich. Raimund schaute mich erstaunt an: „Warum gerade sie? Sie ist doch viel zu alt für dich, mein Freund.“ Ich musste lachen und entgegnete: „Nein, nein, Raimund, sie ist nicht für mich. Sie ist die Frau eines guten Freundes meiner Familie, und die zwei Jungs sind seine Söhne. Er vermisst die drei, seit sie verschwunden sind. Ich werde sie ihm zurückschicken nach Mogontiacum.“ Raimund nickte: „Das verstehe ich, Faustus. Du bist ein anständiger Kerl und Freundschaft bedeutet dir sehr viel, nicht wahr? Ich bin froh, dass ich auch euer Freund bin.“

Dulcia und ich schauten ihn lächelnd an, dabei legte ich meine Hand auf seine Schulter: „Ja, Raimund, du bist unser Freund. Und dein Clan kann froh und stolz sein, dass du dereinst ihr tapferer und ehrenhafter Anführer werden wirst, so wie auch dein Vater einer ist.“ Raimund strahlte: „Ich danke dir für deine Worte, Faustus. Wann immer ihr meine Hilfe braucht, werde ich da sein für euch.“

„Und wir für dich“, fügte meine Schwester hinzu. Dann umarmten wir drei einander.

„Sag mal, von wem hast du so gut Bogenschießen gelernt, Faustus?“

„Von Baldwins Onkel Armin. Er hat es uns beiden Jungs beigebracht“, dabei knuffte ich ihm lachend in die Seite, „also von einem Alamannen.“

Wir lachten alle drei. „Kannst du auch mit dem Schwert umgehen?“, fragte daraufhin Raimund. „Nein“, entgegnete ich ihm, „überhaupt nicht.“

„Na, dann wird es Zeit, dass du es lernst. Man kann nie wissen, wann man es braucht, Faustus.“ Und so holte er zwei Holzschwerter und fing an, mich in die Kunst des Schwertkampfes einzuführen. Er war ein strenger, aber guter Lehrer, und ich lernte viel von ihm in den paar Tagen unseres Aufenthaltes. Zwischendurch schossen wir wieder mit unseren Bögen und gingen zu dritt zum Fischen. Wir genossen die unbeschwerte Zeit miteinander und die Zuneigung, die uns die Alamannen entgegenbrachten. Dulcia hatte sich eines kleinen, kranken, etwa vier Jahre alten Jungen angenommen, der mit Fieber und Husten daniederlag, ihn hingebungsvoll gepflegt und mit Mutters Heilkräutertees versorgt. Sie betete für ihn, sang ihm Jesuslieder vor und erzählte ihm, wie Jesus die Kranken geheilt hatte. Nach ein paar Tagen war der Kleine wieder gesund und die ganze Familie froh. Der Kleine war ein Cousin von Raimund. Nach etwas mehr als einer Woche gab uns Brandolf seinen Sohn Raimund und ein paar Männer zum Geleitschutz mit, auch Proviant für die Reise. Ich kaufte von ihm noch zwei Pferde für Drusilla und ihre beiden Söhne. Dann ging es weiter unserem eigentlichen Ziel entgegen. Drusilla strahlte glücklich. Wir hatten ihr und den Kindern viel über Gaius erzählt, von seiner Liebe zu ihnen, seiner Sehnsucht nach ihnen und dass er immer von seiner Familie sprach und für sie betete. Sie berichteten von seiner Flucht aus Gamundia zusammen mit Lucius, von seiner Beförderung aufgrund seiner Tapferkeit und dass wir in ihm einen treuen Freund und Bruder in Christus hatten. Auch berichteten wir ihnen vom Tod unserer Eltern, was Drusilla besonders schmerzte, war unsere Mutter doch eine gute Freundin von ihr gewesen. Adeodatus und Agnellus konnten sich noch an ihren Vater erinnern, und außerdem hatte Drusilla ihnen immer wieder von ihm erzählt. So freuten sich alle auf ein Wiedersehen. Wir hatten besprochen, dass die drei erst einmal mit uns zu Baldwin reiten und wir dann dort entscheiden würden, wie es weitergehen sollte. Als Frau alleine zu reisen, war undenkbar. Dulcia und ich konnten vorerst nicht ins Römische Reich zurück. Also würden wir Gaius irgendwie benachrichtigen müssen und er sollte sie dann holen kommen. Auf unserer Reise zu Baldwin begegneten uns immer wieder Alamannen von verschiedenen Clans, aber es gab nie Schwierigkeiten, denn sobald sie den schwarzen Stein mit der Bärenkralle sahen, behandelten sie uns stets freundlich und hilfsbereit. So übernachteten wir teils in den Wäldern, teils in verschiedenen Alamannendörfern, wo man uns Gastfreundschaft entgegenbrachte.

15.) Das Wiedersehen

Mit jedem Tag, der uns näher zu Baldwin brachte, wurden Dulcia und ich aufgeregter. Wir konnten das Wiedersehen fast gar nicht mehr abwarten! Raimund lachte und amüsierte sich köstlich über uns beide, und bei unseren täglichen Schwertkampfübungen kassierte ich so manchen Schlag wegen meiner Unkonzentriertheit.

Endlich war der große Tag unserer Ankunft in Arnulfs Dorf gekommen.

Die Sonne lachte vom Himmel, als wir am späteren Vormittag durch das offene Dorftor ritten. Die Alamannen liefen neugierig zusammen, um zu schauen, wer denn da zu Besuch kam. Ich konnte einfach nicht an mich halten und so schrie ich laut und aus vollem Halse: „Baldwin! Baldwin! Wo steckst du?“ Da sahen wir auf einmal einen großen Kerl sich durch die Menschenmenge drängen und rufen: „Wer schreit da so laut nach mir? Hier bin ich!“ Ich sprang vom Pferd und brüllte noch lauter mit dem breitesten Lachen:

„Baldwin, mein Baldwin! Komm an meine Brust, mein Freund!“ Ich konnte in seinem Gesicht Verwirrung sehen, ungläubiges Staunen. Da rief ich noch einmal und breitete meine Arme aus: „Baldwin, mein Freund, brauchst du eine Extraeinladung?“ Seine Augen fingen auf einmal an zu leuchten wie die Sterne in einer dunklen Nacht, er hatte begriffen. Mit großen Schritten rannte er auf mich zu und in meine Arme. Wir drückten uns so fest, dass uns fast die Luft wegblieb, ließen uns los, schauten uns an, umarmten uns wieder und lachten glücklich, endlich, nach so langer Zeit, wieder beisammen zu sein.

Das erste, was er sagte, war: „Endlich! Danke Jesus! Endlich hab ich dich wieder, mein Faustus. Halleluja!“ Dann stutzte er, schaute mich fragend an: „Dulcia?“ Jetzt lachte ich laut: „Schau dir mal da drüben den mit den kurzen Haaren genauer an.“ Baldwin rannte auf meine Schwester zu, breitete seine Arme aus und sie flog hinein. Dann wirbelte er sie glücklich durch die Luft, stellte sie wieder auf ihre Füße und küsste sie sanft auf den Mund: „Endlich, meine Süße, endlich bist du bei mir. Ich habe so lange auf dich gewartet, gebetet, dass Jesus dich zu mir bringt – und er hat es getan. Halleluja! Danke, danke, danke Jesus! Sie küssten sich wieder und wieder, während Freudentränen über ihre Wangen liefen und über meine auch. Dann schaute er sich um und fragte: „Wo sind Fortunatus und Gratia, ich sehe sie nicht unter euch. Sind sie nicht mit euch gekommen?" Wir schüttelten die Köpfe und antworteten traurig: „Sie wurden zum Tode verurteilt." Ich setzte noch hinterher: „Vermutlich sind sie jetzt bereits bei Jesus in der Ewigkeit." Baldwin war sichtlich erschüttert. Wortlos nahm er uns beide gleichzeitig in seine Arme und dann weinten wir miteinander um unsere Eltern. Nach einer Weile wischten wir die Tränen ab und gingen miteinander zu Arnulf, Hildegund, Berengar, Armin und Adelberga, die schon freudestrahlend darauf warteten, uns in ihre Arme zu schließen. Was für ein Wiedersehen! Wir umarmten uns, lachten, scherzten, umarmten uns wieder, redeten alle durcheinander und strahlten einfach nur glücklich, endlich zusammen zu sein. Auch sie wunderten sich, dass unsere Eltern nicht bei uns waren. Alle hörten mucksmäuschenstill zu, als Dulcia und ich abwechselnd von unseren Erlebnissen erzählten: angefangen von der Anzeige gegen unseren Vater durch den Isispriester, von der uns Gaius berichtet hatte, der Reaktion unserer Eltern und ihrer Weigerung sich, in Sicherheit zu bringen, was letztendlich ihren Tod zur Folge hatte. Hildegund und Adelberga weinten, als sie hörten, dass unsere Eltern zum Tode verurteilt worden waren, Arnulf, Berengar und Armin blickten uns traurig an, dann sagte Arnulf zu uns: „Faustus und Dulcia, wir sind so froh und glücklich, euch beide wieder hier bei uns zu haben. Wir lieben euch und eure Eltern und werden Fortunatus und Gratia immer in dankbarer Erinnerung behalten. Da wir sie jetzt wohl verloren haben, nehmen wir euch beide als unsere Ziehkinder an, so wie eure Eltern es mit Baldwin auch gemacht haben." Er lächelte Dulcia zu: „Du mein Kind wirst ja sowieso bald unsere Tochter sein durch die Heirat mit Baldwin, was uns ganz besonders freut, und du, Faustus, bist eigentlich, wenn man es genau betrachtet, bereits wie der Zwillingsbruder zu unserem jüngeren Sohn. Ihr hattet wunderbare Eltern und es erfüllt mich und uns alle mit großer Dankbarkeit und Freude, sie unsere Freunde nennen zu dürfen. Wir werden sie nie vergessen. Ich weiß, dass sie glücklich darüber sind, dass ihr jetzt bei uns seid. Lasst uns zusammen ihrer bei einem Willkommensfest gedenken und unser Wiedersehen feiern." Er umarmte uns und dann feierten wir mit allen Dorfbewohnern und unserer Reiseeskorte ein riesiges Fest. Es wurde gegessen, getrunken, musiziert und gesungen, getanzt, gelacht und geredet, auch die ganze Nacht hindurch. Keiner wollte zu Bett gehen, hatten wir uns doch so viel zu erzählen nach all den Jahren. Wir erfuhren, dass Arnulfs Clan sich nicht am Angriff auf den Limes, die Kastelle, Siedlungen und Gutshöfe beteiligt hatte, so wie wir es ja bereits vermutet hatten. Armin und Adelberga waren doch noch stolze Eltern einer süßen, kleinen Adelinde geworden, die zwei Winter zählte. Wir schlossen sie sofort ins Herz und sie uns ebenfalls, wollte sie doch immer bei Dulcia und ab und zu auch bei mir auf dem Schoß sitzen. Baldwins kleine 4-jährige Schwester Eila sah ihrem Bruder sehr ähnlich. Berengars zweijähriger Sohn Lando war das Ebenbild seines Großvaters Arnulf und klebte ebenfalls an meiner Schwester wie Honig auf der Tischplatte. Natürlich mussten wir ausführlich erzählen, wie es uns ergangen war seit unseres Abschieds aus Gamundia. Wir berichteten von unserer Flucht und dem Aufenthalt in Mogontiacum, der Ermordung des Kaisers Severus Alexander, der Ausrufung des neuen Kaisers Maximinus Thrax, Dulcias und meiner Flucht über den Rhenus mit dem Fast-Zusammenstoß mit dem römischen Kriegsschiff, dem Überschreiten des Limes' ins freie Germanien und den Aufenthalten und Gastfreundschaften bei den diversen Alamannenclans, namentlich dem von Brandolf und seinem Sohn Raimund.

Arnulf stand von seinem Stuhl auf, ging zu Raimund, legte ihm die Hände auf die Schultern und sprach: „Ich danke dir, Raimund, Sohn des Brandolf, dass ihr so gut und ehrenhaft für meine beiden Kinder gesorgt und sogar die weite Reise auf euch genommen habt, sie uns persönlich zu bringen." Baldwin war ebenfalls aufgestanden, hinausgegangen und nach kurzer Zeit mit zwei kunstvoll geschmiedeten Schwertern zurückgekommen. Er blieb vor Raimund stehen, reichte ihm eines der Schwerter und meinte: „Raimund, du bist ein feiner Kerl und ein guter Freund. Du hast mir meine Dulcia und meinen Faustus gebracht, das werde ich dir, deinem Vater und deinem Clan nie vergessen.

Hier, nimm das Geschenk von mir, ich habe dieses Schwert selbst geschmiedet. Es sei ein Zeichen der Freundschaft zwischen uns.“ Mit diesen Worten reichte er es Raimund, der strahlend und staunend von Arnulf zu Baldwin und dann auf das Schwert blickte, das er stolz und freudig entgegennahm. Darauf fuhr Baldwin fort: „Das andere Schwert hier ist für deinen Vater, Brandolf, als Zeichen meiner großen Dankbarkeit für die Gastfreundschaft, die er meiner Braut und meinem Bruderfreund erwiesen hat. Möge immer Freundschaft und Treue zwischen eurem und unserem Clan herrschen“, dabei gab er Raimund das zweite Schwert, der auch dieses ehrerbietig entgegennahm. Mit einem würdevollen Kopfneigen entgegnete er: „Ich danke dir, Arnulf, und dir, Baldwin, auch im Namen meines Vaters, für eure Worte der Freundschaft und die beiden großzügigen wertvollen Geschenke, die ihr mir und Brandolf gewährt. Es war und ist mir eine Ehre und Freude, Faustus und Dulcia kennengelernt und mit ihnen so viele schöne Momente erlebt zu haben. Sie bereiten euch wahrlich Ehre, sowohl bei uns zu Hause im Dorf, als auch auf der Reise. Ich habe sie ins Herz geschlossen und bin froh und dankbar, auch ihr Freund sein zu dürfen.“ Dabei lächelte er zu uns hinüber. Darauf sagte Arnulf: „Ich danke dir, Raimund, für deine Worte. Bleibt, solange ihr wollt, erweist uns die Freude, euch noch eine Weile bei uns haben zu dürfen, bevor ihr zu eurem Dorf zurückreitet.“

Raimund nahm Arnulfs Hand, die er ihm entgegenstreckte, und bedankte sich. Dann wurde weitergefeiert.

16.) Die Hochzeit

Armin und Adelberga saßen neben Drusilla und ihren beiden Söhnen, so froh, dass sie den Alamannenangriff überlebt hatten. Zusammen mit Raimund, Baldwin und Dulcia berieten wir, wie wir sie Gaius zurückschicken konnten. „Zuerst möchte ich aber Dulcias und Baldwins Hochzeit mitfeiern", sagte Drusilla bestimmt. „Wenn schon eure Mutter nicht mehr dabei sein kann, dann doch ich. Es wäre mir eine solche Freude und ganz im Sinne eurer Eltern." Meine Schwester, Baldwin und ich freuten uns.

„Ich möchte auf jeden Fall auch dabei sein", meinte Raimund schmunzelnd, „wo ich doch der Geleitschutz der Braut war. Und da ich bald meine eigene Hochzeit feiere, solltet ihr euch beeilen, sonst bekomme ich Ärger mit meiner Zukünftigen, wenn ich nicht pünktlich zu Hause bin." Er lachte. „Nun denn", erwiderte Baldwin und blickte Dulcia glücklich in die Augen, „was meinst du, mein Schatz, gestattest du mir, dich als meine Frau über die Schwelle unseres Hauses zu tragen?“

Dulcia nahm Baldwins Gesicht in ihre Hände und zog ihn ganz nahe zu sich her, dann küsste sie ihn zärtlich auf den Mund und fragte lächelnd: „Beantwortet dir das deine Frage, mein Baldwin?“

„Aber klar“, murmelte er selig unter dem Kuss. Dann stand er auf und ging zu seinen Eltern, um mit ihnen die Hochzeit zu besprechen.

Ich schaute meine Schwester an und staunte abermals über die Wandlung, die sie in den letzten Wochen durchgemacht hatte, von dem Mädchen zur Frau. Ja, meine kleine Schwester war erwachsen geworden. Lächelnd umarmte ich sie und hielt sie einen Moment fest.

„Was ist los, Faustus?“, fragte sie leise und erstaunt über meinen spontanen Gefühlsausbruch.

„Ich habe gerade darüber nachgedacht, wie erwachsen du geworden bist, seit wir von Mogontiacum aufgebrochen sind, innerhalb von kurzer Zeit. Dulcia, unsere Eltern wären so stolz auf dich, das weiß ich.“

Ich machte eine kurze Pause, dann fuhr ich fort: „Und ich bin es auch. Ich habe dich sehr lieb, Schwester.“ Dabei drückte ich sie noch einmal.

Danach ließ ich sie los und sie blickte mir geradewegs in die Augen. Ein sanftes Lächeln umspielte ihren

Mund, das gewisse Lächeln, das von unserer Mutter so gut kannte. Dulcia beugte sich vor und drückte mir einen dicken Kuss auf die Wange, wie sie es als kleines Mädchen immer wieder gemacht hatte, und meinte: „Ich dich auch, mein großer Bruder, und glaube mir, Mama und Papa wären auch sehr stolz auf dich."

Dann lachten wir beide und Raimund stimmte ein.

Nach einer Weile kam Baldwin zurück mit der frohen Nachricht: „Mein Vater und meine Mutter meinten, dass wir in zwei Tagen das Hochzeitsfest feiern können, sie sind begeistert und freuen sich sehr darauf."

Wir alle jubelten. Arnulf stand erneut von seinem Platz auf und sprach zu allen Versammelten: „Meine Familie, meine Freunde, ich verkünde euch hiermit, dass mein Sohn Baldwin in zwei Tagen seine Dulcia heiraten wird. Alle sind eingeladen!" Die Alamannen jubelten und johlten. Einer schrie: „Endlich, Arnulf! Endlich kommt dein Baldwin auch unter die Haube!" Alles lachte laut und feixte. Arnulf stand der Schalk im Gesicht, als er antwortete: „Vor allem heiratet er die Richtige." Wieder johlte und jubelte die ganze Gesellschaft. Die Alten nickten zustimmend.

Am nächsten Tag war das ganze Dorf geschäftig in Aufruhr. Es glich einem Ameisenhaufen. Es wurde gebacken, gekocht, Tiere wurden geschlachtet, Fische gefangen, die Holzbänke hingestellt, Bier und Met herbeigeholt, die Feuerstellen präpariert, um die geschlachteten Tiere darauf am Spieß zu braten. Hildegund, Adelberga und Drusilla kümmerten sich hingebungsvoll um Dulcia, während wir Männer die Vorbereitungen überwachten, hier und da selbst Hand anlegten, und um uns die übrige Zeit zu vertreiben, Wettschießen mit Pfeil und Bogen und diverse Schwertkämpfe veranstalteten. Dann war der große Tag gekommen.

Arnulf hatte schon vor einiger Zeit für Baldwin ein kleines Haus in der Nähe der Schmiede bauen lassen. Er vertraute mir an, als wir beide einmal alleine waren, dass er seit unserer Trennung vor vier Jahren seinen Sohn oft sehr still und in sich gekehrt gesehen hatte. Außerdem lebte Baldwin vom Dorfleben weitgehend zurückgezogen. Stunden, ja tagelang stand er in seiner Schmiede, um Dinge auszuprobieren. Manchmal ist er auch alleine mit Buchrollen in den Wald gelaufen, ausgeliehen von seinem Onkel Armin. Deshalb baute Arnulf seinem Baldwin ein kleines Haus, um ihm so eine Rückzugsmöglichkeit zu schaffen, worüber dieser sich sehr gefreut hatte, war doch das Leben im Langhaus für ihn viel zu laut und wuselig geworden, nach vier Jahren in Gamundia. Arnulf legte seine Hand auf meine Schulter und vertraute mir an: „Faustus, seit Dulcia und du hier angekommen seid, ist mein Sohn so glücklich, wie ich ihn nie zuvor gesehen habe. Ich danke eurem Gott dafür. Baldwin hat mir viel von eurem Jesus erzählt. Meine Hildegund betet schon seit Jahren nur noch zu ihm und seinem Vater, Gott dem Allmächtigen, und nicht mehr zu unseren germanischen Göttern. Baldwin hat mir immer wieder erklärt: „Jesus bringt mir Dulcia und Faustus eines Tages zurück, ich weiß es, Vater, du wirst schon sehen.“ Nun, mein Sohn hatte Recht. Ihr seid wieder hier und heute ist der Hochzeitstag. Faustus, ich möchte Jesus auch im Herzen haben wie du und deine Familie und meine auch. Hilf mir bitte.“ Ich schaute Arnulf fröhlich in die Augen, nahm seine Hand und sprach die Einladungsworte, die er feierlich wiederholte. Danach legte ich ihm die Hände auf den Kopf und segnete ihn. Arnulf schaute mich sichtlich gerührt an. Ich fügte noch hinzu: „Wenn die Hochzeitsfeier vorbei ist, werden wir dich noch taufen, wir alle zusammen. Das gibt eine Freude für deine ganze Familie, glaub mir.“

Er lachte: „Da hast du absolut recht, mein Junge. Und jetzt lass uns zu den Hochzeitsgästen zurückgehen, bevor sie uns suchen müssen.“ Mit seinem Arm auf meiner Schulter gingen wir zu den anderen. Baldwin kam auf uns zu und fragte: „Wo habt ihr beiden denn so lange gesteckt? Es geht gleich los.“

„Dein Vater hat soeben Jesus in sein Herz eingeladen“, beantwortete ich seine Frage. Baldwin strahlte erst mich an und dann seinen Vater, ging auf Arnulf zu, umarmte ihn stürmisch und sprudelte heraus: „Das, Vater, ist das schönste Hochzeitsgeschenk für mich – und für Dulcia auch, das weiß ich. Fortunatus und Gratia wären jetzt auch überglücklich."

Arnulf umarmte seinen Sohn lange mit Tränen der Rührung in den Augen: „Ich liebe dich Baldwin und ich bin so stolz auf dich, mein Junge."

„Ich liebe dich auch, Vater", entgegnete Baldwin. Dann gingen wir drei hinüber zu den anderen, die sich vor Baldwins Haus befanden, und warteten auf die Braut.

Ich stand neben dem glücklichen Baldwin. Er neigte seinen Kopf zu mir und flüsterte mir ins Ohr: „Faustus, bitte gib du mir Dulcia in die Hand. Das ist zwar kein Brauch bei uns, aber ich wünsche es mir so. Und segne uns. Ja? Wirst du das für mich tun?" Erwartungsvoll schaute er mich an. Ich nahm seinen Kopf zwischen meine Hände, blickte ihm direkt in seine großen blauen Augen und antwortete lächelnd: „Na, was meinst du wohl, mein Großer? Als wir noch Kinder waren, hast du mich gefragt, ob ich dir Dulcia geben würde. Und ich habe dir damals geantwortet: „Ja, ich würde sie dir geben, Baldwin, und nur dir allein, weil kein anderer gut genug ist für meine Dulcia." Du kannst dich ganz gewiss noch daran erinnern, Baldwin. Und genau das werde ich heute tun."

Dann umarmten wir uns. Arnulf, Armin, Berengar und Raimund standen fröhlich lachend neben uns und schlugen uns begeistert und aufgeregt auf die Schultern. Berengar meinte frotzelnd: „Mein kleiner Bruder heiratet! Dass ich das noch erleben darf!" Dabei knuffte er Baldwin freundschaftlich in die Seite. In diesem Moment kamen Hildegund, Adelberga und Drusilla mit meiner Schwester aus Arnulfs Langhaus heraus und schritten auf uns zu. Wir alle machten große Augen, so hinreißend sah Dulcia aus. Die Frauen hatten ihr einen wunderschönen bunten Kranz mit Sommerblüten auf das Haar gesetzt und sie in ein einfaches, helles Gewand gekleidet, auf dem sie kleine Blumengirlanden festgesteckt hatten. Sie strahlte wie die Sonne am Mittag. In diesem Moment dachte ich an Mutter und Vater. Wie gerne wären sie bei der Hochzeit ihrer Tochter dabei gewesen und wie hätte Mutter jetzt vor Freude und Rührung geweint. Ich sah die Szene buchstäblich vor mir.

Wir alle schwiegen ergriffen und so manchem, mich eingeschlossen, stand das Wasser in den Augen.

Das ganze Dorf hatte sich in freudiger Erwartung im Halbkreis um uns aufgestellt, Männer, Frauen und Kinder, die Alten, die Knechte und die Mägde, alle hatten sich für diesen Festtag herausgeputzt. Nur die Sklaven mussten weiterhin ihre Arbeiten wie kochen und braten verrichten.

Ich ging auf meine Schwester zu, küsste sie auf die Wange, wobei ich ihr leise ins Ohr flüsterte, wie wunderschön sie aussah, nahm ihre Hand, führte sie zu Baldwin und legte ihre Hand in die seine. Dabei sprach ich feierlich, nachdem ich mich erst einmal geräuspert hatte: „Dir, Baldwin, meinem besten Freund und Bruder in Christus, gebe ich jetzt meine Schwester Dulcia zur Frau.“ Dann legte ich meine Hände auf ihre Köpfe und segnete sie im Namen Gottes des Vaters, Jesus, des Sohnes und des Heiligen Geistes. Danach küssten sie sich und Dulcia schenkte Baldwin einen goldenen Armreif, den sie in Mogontiacum vor vielen Monaten hatte anfertigen lassen. Der etwa zwei Finger breite Reif hatte auf der Außenseite in der Mitte einen Fisch, eingelegt mit blauen Steinen. Auf der Innenseite stand eingraviert in alamannisch: „Jesus segne und behüte dich.“ Baldwin küsste sie wieder und wieder und ließ sie ihm den Reif anlegen.

Dann holte er aus seiner Tasche eine von ihm selbst angefertigte wunderschöne Brosche, etwas kleiner als Dulcias Handfläche.

Im Zentrum befand sich ebenfalls ein Fisch, aber aus Granatsteinen, die rötlich schimmerten. Um diesen hatte er viele winzig kleine Goldperlchen angeordnet, die die restliche Oberfläche ausfüllten. Dulcia lächelte entzückt. Baldwin steckte ihr das Kunstwerk an ihr Kleid. Dann nahm er sie in seine Arme und trug sie über die Schwelle seines Hauses. Wir Familienmitglieder und die engsten Freunde folgten ihnen. Zusammen umrundeten die beiden dreimal das Herdfeuer, das Hildegund vor einer Weile entfacht hatte. Mit dem Austausch der Geschenke, dem Tragen über die

Schwelle und dem Umrunden des Feuers waren sie nach alamannischem Brauch Mann und Frau. Danach gab es das große Umarmen, Freudentränen, Lachen und viele gute Segenswünsche. Als sich der Lärm etwas gelegt hatte, nahm ich Baldwin und Dulcia an der Hand und sprach: „Bevor wir aus Mogontiacum flohen, sagte Vater zu unserer Mutter: ‚Ich bete, dass unsere Kinder in ihren Ehen ebenfalls so glücklich sein werden, wie wir beide es sind, mit Jesus in der Mitte ihrer Beziehung.‘ Und so, meine Lieben, soll es sein in Jesu Namen.“

Quellenangaben

- Bibelzitate aus: Bibel Schlachter 2000Copyright © 2000 by Geneva Bible Society

- Kleiner Streifzug durch die römische Küche, Terra Sigillata Museum Rheinzabern ISBN: 978-3-9805231-5-8

- Kastell Schirenhof –Schwäbisch Gmünd https://de.wikipedia.org/wiki/Kastell_Schirenhof

http://www.deutsche-limeskommission.de/index.php?id=27

http://www.schwaebisch-gmuend.de/632.php

- Der Limes am Treffpunkt von Raetien und Obergermanien http://www.kargi.de/grabung.html

- Wolf Mittag, Germanen und Römer, ein Online Lexikon http://www.germanen-und-roemer.de/

- Mogontiacum (Mainz) https://de.wikipedia.org/wiki/Mogontiacum

- Mansio (römische Straßenstation) https://de.wikipedia.org/wiki/Mansio

- Zeittafel Limesfall https://de.wikipedia.org/wiki/Datei:Zeittafel_Limesfall.png

- zum Kastelvicus https://de.wikipedia.org/wiki/Vicus

- Die Wachtürme am Limes http://www.medienwerkstatt-online.de/lws_wissen/vorlagen/showcard.php?id=14003

- Geschichte der Römer in Germanien (besonders Zeit des Limes in Germanien) https://de.wikipedia.org/wiki/Geschichte_der_Römer_in_Germanien

- Römer-Alemannen-Franken https://www.leo-bw.de/web/guest/themen/landesgeschichte/romer-alemannen-franken

- Germanen https://de.wikipedia.org/wiki/Germanen

- Alamannen
https://de.wikipedia.org/wiki/Alamannen

- Römerstrassen
http://www.allwege.de/roemer_und-kelten/home-roemerstrassen-und-keltenwege.html?R%F6merstra%DFen=R%F6merstra%DFen+und+Keltenwege

- Römisches Kriegsschiff
https://de.wikipedia.org/wiki/Liburne

- Kaiser Severus Alexander
https://de.wikipedia.org/wiki/Severus_Alexander

- Kaiser Maximinus Thrax
https://de.wikipedia.org/wiki/Maximinus_Thrax

- römische Provinz: Germania superior (Obergermanien)
https://de.wikipedia.org/wiki/Germania_superior

- römische Provinz: Rätien
https://de.wikipedia.org/wiki/Raetia

- Dekumatland (Südwestdeutschland)
https://de.wikipedia.org/wiki/Agri_decumates

- Bedeutung von Ichthys
https://de.wikipedia.org/wiki/Fisch_(Christentum)

- Hauskirche von Dura Europos Syrien (christliche Fresken)
https://de.wikipedia.org/wiki/Hauskirche_von_Dura_Europos

Impressum:

Manuela Kinzel Verlag

06844 Dessau * 73037 Göppingen
Tel. 07165 / 929 399

info@manuela-kinzel-verlag.de
www.manuela-kinzel-verlag.de

Umschlagbild: Gerhard Papp, Klosterneuburg

1. Auflage 2017

ISBN 978-3-95544-086-2